RECUEIL
DE DISCOURS
A LA JEUNESSE.

A MONSEIGNEUR
LE DAUPHIN.

MONSEIGNEUR,

DESTINÉ à ſaire aimer la vertu, cet ouvrage ſemble fait pour paroître ſous vos auſpices. Vous y trouverez des noms chers à votre cœur, des maximes analogues à votre heureux naturel. Par les principes qu'il renferme, il pourra, ſi non éclairer, du moins appuyer vos premiers ſentimens, & par vos qualités, vous en ferez la plus belle recommandation & la plus glorieuſe deſtinée.

Que ne peut-on pas attendre, MONSEIGNEUR, *de votre enfance, formée au ſein de la ſageſſe & de la vertu !*

Je ſuis, avec un profond reſpect,

DE MONSEIGNEUR,

Le très-humble & très-obéiſſant ſerviteur,

AUDREIN, Vice-Gérent du collége des Graſſins.

AVANT-PROPOS.

ATTACHÉ de bonne heure à l'éducation publique, toute mon ambition fut d'être utile à la jeunesse. Le Principal des Graſſins, en m'appellant auprès de lui, au mois de janvier 1779, pour être ſon adjoint, fixa mon goût pour ce genre de travail. Dès ce moment je conçus le projet de donner aux jeunes gens un cours d'exhortations morales & religieuſes, qui pût les enchaîner à la vertu, pendant qu'ils demeureroient au collége, & leur rappeller, lorſqu'ils ſeroient dans le monde, l'importance de reſpecter leurs premières habitudes.

Différentes circonſtances m'ont forcé de ſuſpendre l'exécution de ce projet. Je le reprends aujourd'hui avec une nouvelle ardeur, & m'empreſſe de conſulter le public ſur ſon utilité. Trop heureux, s'il m'encourage à conſacrer le reſte de ma carrière au bien de la jeuneſſe, & aux progrès de l'éducation !

RECUEIL
DE DISCOURS
A LA JEUNESSE,

Dans lesquels on démontre l'importance de l'éducation publique & son influence sur toute la vie.

DISCOURS SUR L'ÉDUCATION.

ARGUMENT.

L'influence de la conduite qu'on tient au collége sur celle qu'on mène ordinairement dans le monde, est une de ces vérités dont il n'est pas permis de douter en matière d'éducation. De l'habitude de les rappro-

cher ſouvent, de les comparer avec attention, de les juger l'une par l'autre, naît cet eſprit d'ordre & de calcul qui ſupplée à l'expérience, & qui prépare preſque néceſſairement les jeunes gens à une conduite ſage. C'eſt la marche que nous avons ſuivie.

Toujours le tableau de l'avenir à la main, nous les avons accoutumés à voir leurs vertus & leur gloire future, ou la honte & le remords de toute leur vie, ſuivant que le germe du bien ſeroit développé en eux au collége, ou que leurs premiers penchans réſiſteroient aux efforts de l'éducation.

Ces deux époques & quelques maximes ſimples qui ſe reproduiſent ſans ceſſe dans toutes nos exhortations, & avec leſquelles les jeunes gens ſe familiariſent ſans peine, nous ont fourni, par leur développement, une foule d'applications intéreſſantes, & deviennent, dans notre plan, comme autant de points de réunion, ſi l'on peut parler *ainsi, pour tout ce qui concerne leurs devoirs de classe & de religion.*

Dieu, les parens & la patrie, voilà les trois grands objets auxquels nous avons rapporté tous les avantages incomparables de l'éducation publique, & que nous aurons toujours sous les yeux, si l'on juge cet ouvrage utile.

Exerce autem te ipsum ad pietatem.

Sur-tout exercez-vous à la piété. Saint Paul à Timothée, liv. Ier. ch. 4.

PAR le crime d'une jeunesse impudente & libertine, la piété semble devenue un ridicule, & si on n'a pas encore réussi à la bannir tout-à-fait du milieu de nous, du moins ne peut-elle presque se montrer désormais qu'avec des ménagemens indignes d'elle. Cette guerre du libertinage n'est point nouvelle; mais l'audace avec laquelle il porte ses coups, eſt ſans exemple. Si on en croit ces jeunes inſenſés, la piété donne des entraves à l'eſprit, & exige des ſacrifices incompatibles avec la fougue des premiers ans. Ces cris de la licence ne trouvent que trop d'approbateurs dans un monde impie, & la piété deſtinée à réconcilier le ciel avec la terre, ne paroît plus qu'un préſent funeſte qu'il faut pour ainſi-dire redouter... A de ſi pernicieuſes maximes oppoſons des principes reſpectables; montrons que la piété ſeule eſt la ſource de toute véritable élévation d'ame, de toute ſolide grandeur; montrons qu'elle ſeule peut faire la gloire comme le bonheur d'un empire; en un mot, qu'elle eſt utile à tout, & qu'il ne peut y avoir d'éducation ſolidement bonne, ſi elle n'a la piété pour baſe. *Ad omnia utilis eſt ibidem.*

Nous allons traiter, mes chers enfans, de tous les ſujets les plus importans pour votre bonheur. Hélas! peut-être a-t-on déjà eſſayé de vous faire prendre le change! Fermez vos ames à la ſéduction du préjugé. Suivez-nous avec toute l'attention dont vous êtes capables, & vous ſerez bientôt convaincus qu'il ne peut y avoir de bonne éducation ſans la piété.

La bonne éducation eſt celle qui dirige les premiers penchans de manière à en faire des habitudes honnêtes. Le monde lui-même ne diſconviendra pas de ce principe. Mais de quel moyen ſe ſervir pour arriver à une fin ſi deſirable? Sans doute on fera parler le ſentiment, l'honneur, l'amour de la gloire, cette paſſion des grandes ames....

L'honneur, dit-on, eſt un puiſſant aiguillon, une longue ſuite d'aïeux dont il faut ſoutenir la gloire, une antique célébrité dont on ſe couvre ſoi-même, lorſqu'on eſt aſſez heureux pour rappeller leurs talens, ou pour imiter leurs vertus; tout cela eſt bien propre à élever l'ame & à donner du reſſort au génie. On ne voit point ſans émotion ce Romain, promenant ſes enfans au milieu des portraits de ſes ancêtres, & faiſant ainſi paſſer dans leurs jeunes ames, l'enthouſiaſme de la gloire. C'eſt ainſi qu'un monde injuſte, pour proſcrire de l'éducation la piété, qui ſeule peut en aſſurer les ſuccès par des motifs ſublimes, ſe plaît à exagérer les reſſources du ſentiment, & à prêter à l'homme une vertu au-deſſus de ſes forces.

Mais outre que tous les jeunes gens n'en ſont pas également ſuſceptibles, dans combien d'occaſions des ſentimens vicieux n'étoufferont-ils pas les ſentimens d'honneur ? A Sparte même, avec toute la ſévérité de la diſcipline & toute la gravité des mœurs publiques, l'éducation répondit-elle toujours aux vœux de Lycurgue? Et parmi nous & au milieu d'une dépravation générale portée à ſon comble, il ſuffiroit d'invoquer l'honneur, de faire entendre la voix de la patrie! Ces noms peuvent bien en impoſer chez des peuples ſimples & de mœurs auſtères; mais ſur des cœurs flétris preſque néceſſairement par la contagion commune, avant même qu'ils ſoient au collége, ils ne doivent guères produire d'effet, encore moins des effets ſolides.

Pour ſuppléer au ſentiment, aura-t-on recours à ce moyen, qui avilit plutôt qu'il ne corrige, à la crainte? Mais le moment où une jeunesse, retenue uniquement par la crainte, parviendroit à rompre ses chaînes, ne feroit-il pas un moment terrible? Semblable à un torrent qui force enfin ses barrières & couvre de ses ravages tout ce qui l'environne, ne la verroit-on pas se précipiter d'abîme en abîme, &, comme pour se venger d'avoir été captive, ne plus mettre de borne à la licence, & se déshonorer par les derniers excès? Un ancien l'a dit avec beaucoup de raison : la crainte n'est pas un maître qui retienne long-temps dans le devoir. *Non est diuturnus magister officii timor.*

Voilà pourtant tout ce qu'il est possible de substituer à l'influence de la religion; & avec toutes ces prétendues ressources, le monde lui-même n'est-il pas forcé de convenir que l'éducation n'est point parfaite ? Hélas ! les ſcènes ſi déplorables & ſi tragiques, qu'y donne tous les jours la jeuneſſe, ne prouvent que trop combien les principes du monde ſur l'éducation ſont vicieux en eux-mêmes, & contraires au bonheur public. Il faudra donc, ſi l'on veut que l'éducation ſoit ſolidement bonne, il faudra néceſſairement que la religion en devienne la baſe, & que la piété la dirige. La piété dans les colléges !... Étonnement impie d'un monde ignorant & inſenſé ! Et à qui donc qu'à Dieu appartient le droit de perfectionner ſon ouvrage ? Jaloux de ſa gloire, laiſſeroit-il au haſard qui n'eſt rien, ou au caprice qui n'eſt pas plus, à verſer dans une ame ſortie de ſes mains, la ſemence du bien ? Si l'éducation eſt la voie qui conduit au bonheur, il faut que ce ſoit Dieu qui y préſide. Le monde, en cherchant d'autres moyens, entreprend ſur ſes droits ; il eſt juſte qu'il s'égare.

On veut que la piété répande de la puſillanimité dans l'éducation ; c'eſt-à-dire que, parce que la piété condamne les maximes du monde, il voudroit à force de la charger de ridicules, ou l'empêcher d'étendre ſon empire, ou ſe ménager un prétexte pour s'en diſpenſer. La piété des enfans contraſteroit trop avec l'incrédulité des pères. Mais y penſe-t-on bien en accuſant ainſi la pieté de rendre la jeuneſſe puſillanime ? Où la vraie & unique ſource de toute grandeur n'eſt point en Dieu (& le penſer un inſtant ſeroit un horrible blaſphême, autant contre la droite raiſon que contre la divinité), ou ſi elle eſt en lui, & en lui ſeul, tout ce qui porte vers Dieu comme centre de toute perfection, tout ce qui rapproche de Dieu, tout ce qui unit & attache à Dieu, eſt dès-lors & néceſſairement un moyen d'élever l'ame & d'aggrandir le génie : je dis plus, d'après ce principe inconteſtable, c'eſt le plus ou le moins de rapport avec Dieu, le plus ou le moins de deſir de l'aimer, le plus ou le moins de crainte de l'offenſer, qui devient la meſure de notre grandeur & de l'élévation dont nous ſommes capables ; & comme la vraie piété ne ſe contente pas de commander ſeulement à la jeuneſſe que ſes actions ſoient dirigées vers Dieu ; mais qu'elle veut encore que ces actions préſentées à Dieu (j'entends tous les devoirs qui compoſent ſon état actuel, ſon travail & ſpécialement ſon travail) ; que toutes ces actions, dis-je, préſentées à Dieu, ſoient dignes de lui, & par conſéquent faites & accomplies avec tout le zèle, avec toute la ferveur, avec toute la générosité, avec toute la constance dont est capable la créature, & qui convient au créateur; il suit encore nécessairement que des jeunes gens formés par de tels principes, sont les seuls qui connoissent la véritable grandeur, & qui méritent de devenir grands.

O vous, l'objet de tous nos vœux, mes chers enfans, l'idée seule d'une conduite si digne d'admiration, n'a-t-elle pas allumé en vous tout le feu du zèle? Déjà dans les transports de votre imagination, n'avez-vous pas parcouru tous les états de la société, toutes les époques de la vie, pour contempler par-tout le ravissant spectacle que donneroit une jeunesse ainsi formée à l'école de la vertu, ainsi rendue supérieure aux passions par l'exercice d'une véritable piété ? Et voilà la piété que le monde appelle pusillanime ; mais que la saine raison préconise l'unique source de la vraie grandeur. Ce n'est point assez dire, toute autre grandeur, quelle que soit son origine, & de quelque nom qu'elle s'honore, ne peut plus être qu'une grandeur usurpée, une fausse grandeur, le fruit du mensonge, & la cause d'une foule d'erreurs. Ainsi le monde, en donnant à l'éducation un autre principe que la piété, se condamne lui-même à la voir toujours vaine, toujours soumise à l'illusion, toujours déshonorée par mille foiblesses, parce qu'elle ne peut jamais faire face aux grandes passions.

Nous ne pouvons donc, sans nous rendre coupables envers Dieu & envers la Patrie, donner à votre éducation, mes chers enfans, d'autres fondemens que la religion, ni d'autres principes que la piété. Si nous devons à vos études des secours abondans, une vigilance continuelle, (& certes nous ne cesserons d'encourager vos efforts, & d'applaudir à vos succès) combien plus ardemment nous desirerons encore cette union si précieuse du talent & de la vertu! combien nous desirerons que la sagesse éclaire & dirige votre science, que vos progrès dans les lettres soient consacrés par le zèle du bien, par la charité de Jesus-Christ! Avec combien plus de confiance nous compterons sur les récompenses de Dieu, lorsque nous vous verrons contracter de bonne-heure l'habitude de rapporter toutes vos occupations à sa gloire, & de chercher en tout à lui plaire! Avec combien plus de raison nous croirons avoir mérité de la patrie, lorſqu'à force de contenir vos paſſions par le frein de la religion, à force de vous éloigner du vice par l'amour de la vertu, à force de vous placer par-tout & toujours ſous l'œil de Dieu, nous ſerons enfin parvenus à vous mettre dans l'heureuſe néceſſité de demeurer toujours ſages !

Oui, je le répète, voilà le grand ſervice à rendre à la patrie, & le grand moyen de mériter d'elle. C'eſt en inculquant de bonne-heure de tels principes aux jeunes gens, en rempliſſant de bonne-heure leur ame de ces ſentimens généreux, qu'on parviendra à régénérer la nation. On nous crie qu'il faut les rendre bons ; & on ne penſe pas que, pour être bon, il faut qu'on ſoit ſage. Commençons donc par la ſageſſe : mais point de vraie ſageſſe ſans Dieu, & Dieu ne l'accorde qu'à la piété.

En vain la ſageſſe du ſiècle, pour

contenir la jeuneſſe, imagineroit d'autres moyens. En vain par tous les manèges de l'amour-propre & de l'hypocriſie, croiroit-elle avoir réuſſi à donner à l'éducation profane une apparence de ſolidité. Ce ſeroit toujours de fauſſes vertus qui en formeroient d'autres ; & ce qui eſt faux ne ſauroit durer. L'orgueil peut bien dans de brillantes circonſtances conſeiller de grands ſacrifices ; la vanité peut bien pour un temps remplacer le vrai courage ; mais ce ſont toujours des vices qui repréſentent, & tout ce qu'entreprend le vice, doit partager ſa corruption, & par conſéquent tomber en ruine.

De tout temps le monde a cherché à ſubſtituer à la religion un moyen quelconque qui pût couvrir ſa foibleſſe ; & aujourd'hui même que ſa corruption eſt à ſon comble, il voudroit encore avoir un air de ſageſſe.

Que

Que prouvent tous ces vains efforts de la prudence humaine, cette lutte continuelle du vice contre la vertu, ſinon que les droits de la piété ſont impreſcriptibles ; & que, s'il eſt donné au menſonge de ſurprendre quelquefois les ſuffrages publics, du moins n'appartient-il qu'à la vraie piété de fixer conſtamment les regards par des vertus qui ne ſe démentent point.

Pour que le monde ſans la religion pût donner à l'éducation une baſe tant ſoit peu ſolide, il faudroit offrir à la jeuneſſe des exemples reſpectables, la porter au bien par le charme des plaiſirs honnêtes. Alors peut-être rappelleroit-on, du moins imparfaitement, ces belles inſtitutions lacédémoniennes, qui ſemblent avoir porté auſſi loin qu'il eſt poſſible à l'homme, le pouvoir de la ſageſſe; mais dans un ſiècle où la morale eſt entièrement pervertie, où le plus vil égoïſme fait la loi ſuprême, où les paſſions ajoutent à toute leur méchanceté ordinaire, un degré de publicité, je dirai même de ſolemnité à peine connue dans les temps les plus diſſolus du paganiſme; dans un tel ſiècle & avec de tels moyens, on n'aura jamais & on ne peut avoir que des éducations trompeuſes, auſſi mépriſables par le principe qui les ſoutient, que par les leçons qu'elles donnent.

On s'étonne de la décadence ſi rapide des mœurs publiques; on ne peut comprendre comment dans l'eſpace de quelques luſtres, la licence a cauſé un ſi grand relâchement dans tous les principes; & effectivement une pareille révolution eſt faite pour ſurprendre. . . . . Qu'on ſe rappelle l'époque où une ſecte de prétendus eſprits forts, en haine de la foi de leurs pères, entreprit pour la première fois de faire adopter publiquement en France une nouvelle façon de penser. Pour répandre l'étrange doctrine, il falloit former des élèves; & l'on sentit que la jeunesse accueilleroit avec transport tout nouveau système qui favoriseroit ses passions. On commença donc par corrompre l'ancienne éducation. Une foule de nouvelles méthodes fixa l'attention publique. Chacun eut son système; tous parurent bons, pourvu que la religion n'y eût point de part. Une sorte d'enthousiasme même enfanta l'engouement général. D'un côté on ne vouloit que de l'esprit : d'un autre côté on promettoit toutes les connoissances. On crut avoir tout gagné, & la piété fut comptée désormais pour rien. Depuis cette fatale époque, toutes les scènes d'horreur, toutes les plaies mortelles qui ont désolé cet empire, cette incroyable audace à briſer tous les liens, à fouler aux pieds toute juſtice, cette effrayante indifférence ſur la deſtinée de nos ames, ce ſtupide mépris pour tout ce qui conſeille la vertu, cette épouvantable incrédulité, dont ſe vantent juſqu'aux enfans, enfin, par une ſuite néceſſaire, toute la ſcience des mœurs réduite, ce ſemble, à acheter & à vendre des crimes, je ne crains pas de le dire, ce ſont là les ſuites malheureuſes des éducations impies.

On croira peut-être avoir répondu à tout en nous objectant nos éducations religieuſes. Je le ſais, on ne ceſſe de dire que les jeunes gens les plus pieux au collége, ſont ſouvent ceux qui ſe corrompent le plus dans le monde.

Mais d'abord, eſt-il bien vrai que ces jeunes gens, dont on aime tant à exagérer le nombre, ſe ſoient vraiment distingués par leur vertu au collège ? Le monde toujours jaloux des succès de la piété, ne veut-il pas nous faire prendre le change ? Sans doute il nous oppose ces vils hypocrites que tous les efforts du zèle ne purent former à la franchise. Leur éducation (car il ne faut pas penser qu'on réussisse toujours : nous serions trop heureux !) leur éducation, en même temps qu'elle coûta tant d'inutiles soins à leurs maîtres, fut un scandale pour leurs condisciples. De tels sujets, ne seroit-il pas bien étonnant qu'ils montrassent de la piété dans le monde ? Jamais ils ne furent pieux au collége. *Habentes speciem quidem pietatis, virtutem autem ejus abnegantes.* 2 Tim. ch. 3.

Nous objectera-t-on aussi ces aimables enfans, que nous aurons vus, chéris de leurs maîtres, respectés de leurs compagnons, fermes dans la pratique du bien, toujours ſemblables à eux-mêmes, honorer leurs études par l'innocence de leurs mœurs! Ah! ſi avec des penchans devenus irréſiſtiblement ceux de la vertu, avec le long uſage de nos auguſtes myſtères, ſi perfectionnés dans la ſcience de Dieu, enracinés, pour parler le langage de l'apôtre, dans la charité de Jéſus-Chriſt, ils pouvoient encore ſe démentir, ils oſoient encore ſe dégrader..... ô monde, j'en accuſerois ton affreuſe perverſité; j'en accuſerois le ſilence des loix qui ne la puniroient point, (leur premier devoir eſt de défendre les mœurs); j'en accuſerois les auteurs de leurs jours, devenus coupables de leur corruption, parce qu'ils n'auroient pas ſecondé notre zèle.... Plaignons ces malheureuſes victimes d'une indifférence ſi générale; verſons des larmes amères ſur la perte de leur vertu. Hélas ! dès le temps même de leur entrée au collége, en suppoſant encore qu'ils y aient apporté l'ineſtimable tréſor de leur innocence, combien n'avons-nous pas déjà à redouter pour eux les malignes influences du monde ! Peuvent-ils jamais s'y montrer impunément ? leurs yeux ne tombent que ſur des ſcandales ; leurs oreilles n'entendent que des blaſphêmes. Grand Dieu ! & nous ſommes étonnés que ta colère éclate ! Monde profane, apprends du moins du paganiſme à reſpecter la préſence de l'enfant ; & pour ſentir enfin toute l'atrocité de tes odieux exemples, vois de quoi ſont capables ceux qui ont le bonheur d'y réſiſter ! Comme on leur prodigue la confiance ! comme on ſe trouve bien de la leur avoir prodiguée ! C'eſt à qui les aura pour arbitres ; c'eſt à qui méritera leur suffrage. Ces jeunes gens en qui le vrai talent & le vrai mérite ont si heureusement devancé l'âge, ces hommes devenus par la constante pratique du bien, les oracles de leurs concitoyens, & comme les anges tutélaires de leur pays, n'est-ce pas à une éducation chrétienne qu'ils doivent cette vertu mâle qui fait toute leur force? N'est-ce pas dans les colléges que les premières semences en furent jettées?

Mais supposons avec un monde impie, que les avantages de l'éducation chrétienne ne soient pas, à beaucoup près, ce que nous le prétendons; ayons même, si l'on veut, le courage de supposer que nos efforts soient presque toujours impuissans; que s'ensuivra t-il? il s'ensuivra nécessairement une chose bien importante, qu'en formant nos élèves à l'école de la vraie vertu, qu'en donnant pour première baſe, en quelque ſorte, à leur ame, le reſpect pour la Divinité, nous leur aurons préparé d'avance des remords pour l'avenir, & c'eſt déjà beaucoup : mais qu'il plaiſe au Très-Haut jetter ſur leur extrême misère, un regard de pitié, ou que, fatigués eux-mêmes de leurs chaînes, ils regrettent un inſtant les douceurs de leur ancienne liberté, alors pourroient-ils ne pas ſe rappeller avec attendriſſement le Dieu qu'on leur apprit à bénir dans l'enfance ? Pourroient-ils ne pas s'élancer avec tranſport dans le ſein du Dieu qui fit leur bonheur pendant qu'ils ſurent le ſervir ? Sans doute que tous les bons ſentimens de leur première éducation ſe réveilleroient en ce moment ; ſans doute que toutes ces ſemences de vertu étouffées ſi long-tems, ſe ranimeroient enfin, &

produiroient les dignes fruits qu'on n'osoit plus en espérer.

Peut-on rien attendre de semblable des éducations profanes ? Lors même qu'elles réussissent le plus au gré du monde, tout le succès ne se réduit-il pas à inspirer à la jeunesse des principes de crainte ? Une pudeur affectée qui s'alarme de tout à propos, une effusion de sentimens d'humanité qui n'est jamais que sur les lèvres ? En un mot l'art de tout feindre, le grand art de plaire toujours, n'est-ce pas tout ce qu'on peut attendre quand le succès est complet ? Croira-t-on que la chose publique fût bien confiée à de pareils sujets ? Qui ne regarderoit au contraire la patrie comme perdue, si elle n'avoit pas d'autres défenseurs ?

Mais quand ces sortes d'éducations, parce qu'elles n'ont que des moyens foibles & preſque toujours impuiſſans, ſont réduites, malgré leur prétendu zèle, à laiſſer à la jeuneſſe toute la fougue des paſſions, qu'arrive-t-il alors? Hélas! ce que nous avons vu & ce que nous voyons encore; parce qu'on n'a pas connu les grands principes de la religion, ou qu'on s'eſt joué des grands principes de la religion, on donne tête baiſſée dans le crime, on s'enfonce dans le crime, on tombe dans un abîme ſans fond, on périt ſans reſſource, & c'eſt ainſi qu'on venge ſoi-même le Dieu qu'on avoit outragé!

O vous, dont nous traitons en ce moment les plus chers intérêts, pères & mères, ouvrez les yeux, nous vous en conjurons, ſur cette effroyable deſtinée abandonnée; déteſtez à jamais ces abominables maximes qui éloignent de Dieu des créatures qui lui appartiennent. N'auriez-vous donné la vie à ces innocentes victimes que pour les ſacrifier éternellement en les vouant à l'impiété? Quoi ! vous immoleriez vos enfans pour un ſyſtême qui flatteroit votre vanité ! Souffrez que la pitié touche vos entrailles paternelles. Entendez la voix des cieux, comprenez le vœu de la nature, tout vous crie que les droits de Dieu ſont au-deſſus des vôtres... Ah ! fermez l'oreille aux conſeils perfides de ces inſtituteurs menſongers ! Ils vous diſent que la religion n'eſt bonne qu'à un certain âge, & ils laiſſent croître vos malheureux enfans avec l'habitude de s'en paſſer ! Ils vous vantent les talens de certains hommes du ſiècle. N'eſt-ce pas vous dire qu'ils les leur propoſeront pour modèles? Qu'attendez-vous encore pour arracher vos enfans à ces perfides séducteurs ? Voudriez-vous toujours nourrir des serpens dans votre sein ?.... Ah ! confiez plutôt à la religion le soin d'élever vos enfans ; faites-leur apprendre ce qu'ils doivent à Dieu ; ils sauront bien mieux ce qu'ils doivent à leurs parens. Formés par la piété, leurs talens seront plus utiles, & leur vertu, parce qu'elle sera solide, fera leur bonheur & le bonheur de leur famille.

Et nous, que tant de motifs respectables attachent au sort de la jeunesse, combien nous devons redoubler d'efforts pour soutenir les effets de notre zèle ! les dangers de l'avenir, tout ce qui pourroit faire échouer leur vertu, voilà ce qui doit nuit & jour fixer nos réflexions & perpétuer nos inquiétudes. Rendre nos éducations essentiellement avantageuses à la patrie, & en même temps agréables à la ſociété, prouver au monde que l'eſprit de Jéſus-Chriſt perſuade bien mieux les vertus civiles que toutes les inſtitutions politiques, le forcer à révérer le pouvoir de la piété, s'il n'a pas le courage d'abjurer des ſyſtêmes impies, voilà, ſi nous avons des ames dignes de la grandeur de nos fonctions, voilà quelle doit être notre ſublime, notre unique ambition ! quand nous avons pu atteindre un tel but, nous devons nous croire aſſez heureux. Sans doute, mes chers enfans, vous n'avez pu entendre ſans une douce émotion, traiter un ſujet que le plus tendre intérêt pour votre bonheur nous a inſpiré. Mille fois vous aurez rendu graces à la providence de Dieu, pour vous avoir fait naître de parens vertueux; mais vous avez vu auſſi que la meilleure éducation chrétienne pouvoit encore ſe démentir. Vous avez vu que ſi les avantages de la bonne éducation donnoient de ſi grands droits à l'eſtime des hommes, le mépris ou l'abus qu'on en faiſoit, entraînoit auſſi néceſſairement une fin malheureuſe. Conſerverez-vous précieuſement les fruits de votre éducation, ou groſſirez-vous la foule de ces jeunes inſenſés, qui devenus libertins par lâcheté, finiſſent par être impies avec obſtination ? Là, quel heureux ſort vous attend ! Ici, quelle foule de maux tomberoit ſur vos têtes ! Que conclure ?... Craignez, craignez de ne pas ſentir aſſez fortement l'importance de profiter de nos leçons ; de ne pas voir d'une manière aſſez convaincante la liaiſon eſſentielle entre ce que vous ſerez au collége, & ce que vous deviendrez dans le monde ; & pleins d'une effrayante ſollicitude pour votre ſort futur, eſſayez chaque jour votre courage par quelque nouveau ſacrifice, aimez à voir votre ame humilier le tentateur ! Faites ce continuel apprentiſſage ſous les yeux de Dieu, & attendez de ſa bonté paternelle une vie de gloire & de bonheur !

DISCOURS

Prononcé dans la chapelle du Collége, à l'occasion des Prières publiques ordonnées pour la tenue de l'Assemblée Nationale, le Très-Saint-Sacrement étant exposé.

ARGUMENT.

S'il importe que les jeunes gens conçoivent de bonne heure des sentimens patriotiques, il convient qu'on saisisse toutes les grandes occasions pour développer en eux ce précieux germe qui forme le citoyen. Si la patrie éprouve des malheurs, il faut leur apprendre à s'affliger ; dans des temps de révolution, c'est à leurs jeunes ames sur-tout, parce qu'elles doivent être pures, à implorer pour tous la protection du ciel; & quand l'état a repris sa prospérité avec sa gloire, il est juste aussi qu'ils partagent la joie commune. C'est en les associant ainsi aux événemens publics, qu'on réussira à les défendre contre le cruel égoïsme, & à nourrir dans leurs cœurs ce patriotisme pur, cet amour unique pour le monarque, qui distinguera toujours le peuple François de toutes les nations du monde.

Vade, & congrega seniores Israël, & dices ad eos... Dominus Deus patrum vestrorum apparuit mihi dicens: vidi omnia quæ acciderunt vobis, & dixi ut educam vos de afflictione.

Allez, & assemblez les sages d'Israël, & vous leur direz.... Le Seigneur Dieu de vos pères m'est apparu, & m'a dit: J'ai vu tous les maux qui vous sont arrivés, & j'ai dit que je vous retirerai de votre état d'affliction. Exode chap. 3.

NE vous semble-t-il pas entendre le Très-Haut adresser à notre auguste monarque ces paroles qu'il adressoit autrefois à Moïse : Allez, & assemblez les sages du royaume, & vous leur direz que j'ai vu leurs maux, & que je veux les guérir ?

C'étoit donc à la religion qu'il appartenoit de consacrer cette grande époque, à laquelle nous devons croire que la providence a eu tant de part. Aussi avec quelle touchante éloquence le premier pasteur ne vient-il pas de payer sa dette sacrée ! Avec quelle sainte émotion ne nous invite-t-il pas à réunir nos supplications pour obtenir le suffrage du ciel !

Quelle circonstance en effet, mes chers enfans, exigea jamais tant de prières de votre part ? Par combien de sacrifices ne va pas être acheté votre bonheur futur ?... Loin de nous de calomnier vos pères. Ils naquirent, comme vous, dans le désordre politique, & leur mérite, un mérite que vous ne pourrez jamais aſſez reconnoître, c'eſt d'avoir ſenti qu'ils devoient travailler à procurer à leurs enfans une félicité qu'ils n'ont point connue .... pour le ſuccès de leur zèle, il falloit un maître aſſez ſage pour être aſſez bon. Un monarque ordinaire auroit craint d'en accorder trop à des ſujets. Louis XVI n'a écouté que ſon cœur, & ſon amour pour ſon peuple a triomphé de toute autre conſidération : éternelle diſtinction de ſon regne, qui méritera peut-être de l'emporter ſur les plus fameux regnes qui l'ont précédé !

Déſormais nous n'avons plus à craindre de vous laiſſer appercevoir la plaie de la patrie. Ce n'eſt point ici le crime de quelques années. Une longue ſuite d'abus avoit creuſé l'abyme, où la choſe publique ſembloit engloutie. C'étoit à force d'ajouter des maux à des maux, que le mal étoit devenu incurable. Et tel étoit désormais le déplorable état de la patrie, qu'on ne pouvoit plus attendre de remède, que de l'excès même de nos maux.

Il s'agit donc maintenant de déterminer avec tant de prudence les différens sacrifices que peuvent supporter les différens ordres ; & là, c'est à l'amour public à parler ; de calculer avec tant de sagesse tout ce que demandent les intérêts des grands, & les intérêts du peuple, je dois dire, sur-tout les intérêts du peuple ; & ici c'est la justice naturelle qui doit prononcer ; en un mot, il s'agit de méditer, de péser, de comparer tellement entr'eux tous les objets politiques, que de toutes les combinaisons générales & particulières, long-temps & mûrement discutées, résulte le bonheur commun de la

France, lequel ſeul ſuppoſe tous les partis ſatisfaits.... or dans un ſi vaſte empire, une révolution auſſi immenſe à opérer par la ſeule perſuaſion, n'eſt ce pas une choſe, je ne dis pas ſeulement difficile, j'oſerai dire impoſſible à la ſeule politique ?

Que feroit-ce, mes chers enfans, ſi à tant de plaies je pouvois ajouter l'affreuſe peinture de toutes les abominations qui compoſent aujourd'hui l'état des mœurs publiques ! mais la religion me commande de reſpecter votre préſence.

Voilà pourtant un déſordre plus contagieux encore que tous les autres, qui demande ſur-tout un grand remède. Malheur au politique téméraire qui tenteroit de ſuppléer à tout par des loix ! Je lui dirois avec un payen : « que feront vos loix ſans les » mœurs ? *Quid leges ſine moribus ?* »

Et j'ajouterai comme chrétien : que deviendront les mœurs, si la religion ne les rend pas solides ? Oui, pour corriger radicalement l'administration civile & l'administration morale, pour consolider tout à la fois le frein des loix & celui des mœurs, il faut nécessairement le frein de la religion : lui seul est tout puissant. L'homme le plus habile est toujours borné dans sa prévoyance ; & l'homme le plus éloquent ne peut donner qu'un certain degré d'efficacité à sa persuasion. Il n'appartient qu'à la sagesse de Dieu de persuader toujours, & d'être toujours infaillible. Entendre autrement ce qu'on appelle restauration, régénération de la patrie, ce seroit vouloir, par des mots vides de sens, éternîser l'ancienne illusion.

C'est donc de la part du souverain, nous donner une nouvelle preuve de la franchise de son cœur, que d'invoquer avec tant de confiance les ſecours de la religion. Nous inviter dans la circonſtance préſente à recourir à Dieu, c'eſt nous dire de la manière la plus touchante qu'il veut réuſſir à nous rendre heureux.

Vous ne ſerez pas ſans doute inſenſibles, mes chers enfans, à l'amour de votre bon Roi. Voyez toute la grandeur du bienfait qu'il médite! Détruire tous les abus ſans en excepter un ſeul, faire oublier juſqu'au ſouvenir de tous les maux paſſés, rappeller parmi nous tous les biens que la ſageſſe peut procurer, &, pour parvenir à contenter ſon cœur, agréer, & offrir même toutes les eſpéces de ſacrifices, n'ambitionner d'autre gloire, ne ſe réſerver en quelque ſorte d'autre privilége que celui d'être heureux du bonheur de ſon peuple! Ah! vos jeunes ames ne l'ont-elles pas déjà proclamé le père de la patrie ?... pendant qu'il ne ceſſera par ſa préſence d'animer l'auguſte aſſemblée de nos pères, vous ne ceſſerez auſſi ſans doute de lever vos mains pures au ciel. Vos vœux répondront à l'importance de leurs travaux. Vous prierez que l'eſprit de Dieu préſide à leurs conſeils, que leur zèle ne ſe ralentiſſe jamais, que leurs motifs ſoient toujours ſublimes, que les cris du pauvre retentiſſent toujours à leurs oreilles : que ſans ceſſe ſe préſente à leurs regards la touchante image de la religion éplorée. Pour rendre vos vœux plus dignes d'être exaucés, vous expierez juſqu'aux fautes légères par plus d'ardeur pour le travail. Une nouvelle ferveur donnera un nouveau prix aux œuvres de votre piété, & alors que ne pourront pas ſur le cœur de Dieu vos vœux innocens ?

Le monarque & ſes illuſtres coopérateurs ne feront pas infenfibles au zèle qui vous anime. Avec quel tendre intérêt, après avoir jetté les fondemens de la félicité générale, ne s'occuperont-ils pas de votre félicité particulière! Ignorent-ils que la contagion de l'exemple expofe à mille dangers votre inexpérience? Ne favent-ils pas que le débordement des mœurs publiques, eft un attentat continuel contre votre vertu? Ne favent-ils pas que vous ne pouvez refpirer l'air pur de la fanté, fans vous expofer à avaler le poifon mortel du vice? Ah! fans doute, pour faire valoir la juftice de vos plaintes, vous n'aurez pas befoin de récourir à la précaution ordinaire. *Vos cahiers font écrits dans tous les cœurs.* Bientôt par les efforts de leur zèle, on verra difparoître toutes ces pierres d'achoppement, dont parle l'écriture, hélas!

peut-être jusqu'ici trop souvent funestes à votre innocence! Vos yeux ne tomberont plus sur des scandales; l'impudente volupté sera condamnée aux ténèbres. Vos oreilles n'entendront plus murmurer le blasphême. Le blasphème expirera sur les levres de l'impie. Enfin toutes les traces de l'ancienne dépravation seront effacées, & la vertu pour toujours rentrera dans tous ses droits.

Tels sont, mes chers enfans, les inestimables bienfaits que vous avez droit d'attendre des représentans de la nation : car il ne faut pas penser que leur zèle se borne à traiter les grands intérêts politiques. Ce ne seroit pas remplir leur mission. Ils sont trop éclairés pour se méprendre sur un objet d'une telle importance. Ils savent trop que dans les grands états, (la dégradation morale une fois à son comble) la réforme totale eſt une chimère. Ils feront tout ce que pourra le zèle excité par les plus ſublimes motifs ; mais en même temps ils ſentiront que leurs plus grandes eſpérances ſont fondées ſur la jeuneſſe. Ce ſera donc vers cette précieuſe portion de la famille générale qu'ils porteront avec le plus de complaiſance leurs regards paternels. Ce ſera pour cette intéreſſante jeuneſſe qu'ils concevront ces plans ſages, dont la gloire diſtinctive ſera de confondre enfin le crime, & de mettre un terme à la corruption générale.

C'eſt en prouvant ainſi leur amour & leur reſpect pour l'enfance, qu'ils mériteront d'acquérir des droits ſur les générations futures. La patrie ſans doute ſoutenue & vivifiée dans tous ſes membres, par leurs nobles travaux, ne manquera pas de faire graver leurs noms dans les faſtes publics. Mais que l'innocence conſervée par leurs soins célébrera bien mieux, d'âge en âge, leur gloire & leur vertu !

Heureux enfans, livrez-vous à tous les transports de la plus vive reconnoissance, en voyant luire à vos yeux l'aurore d'une si belle révolution. Hâtez par l'ardeur de vos vœux ces glorieux momens, où doivent se consommer tant de brillantes opérations. Conjurons tous ensemble le Dieu que notre foi adore, de les sanctifier toutes par l'onction de sa grace, de les diriger toutes vers le bonheur public. Que toutes les classes des citoyens en recueillent les fruits abondans : que le peuple sur-tout en recueille davantage ; & que les pauvres du peuple ne connoissent plus qu'une peine, celle de découvrir leur misère. Que ce soit là, grand Dieu ! l'heureux effet de nos supplications, & la consolante preuve que tu rends à l'empire de Saint-Louis tes anciennes miséricordes !

Puissent le monarque & les dignes compagnons de ses travaux, animés du même esprit, guidés par tes conseils, pénétrer dans l'abime de nos maux, & en sortir avec gloire ; concilier tous les intérêts, & rétablir par-tout l'ordre ; fixer les droits de tous, & les droits de chacun, à force de rendre impossibles les abus ! Enfin puissent un jour ces généreux citoyens, pour prix de leurs nobles efforts, emporter avec eux la douce satisfaction d'annoncer à leurs compatriotes qu'ils ont fait deux grandes choses, le bonheur du Roi & le bonheur du royaume.

DISCOURS

Composé à l'occasion des Prières publiques ordonnées pour le rétablissement de la santé de Mgr. le Dauphin, le Très-Saint-Sacrement étant exposé.

ARGUMENT.

Il n'importe pas peu pour la tranquillité des empires, que la succession au trône demeure toujours assurée par les voies les plus directes. En France, où l'amour pour le Souverain naît avec les sujets, on ne se croit pas heureux, si l'on n'a pas un Dauphin.

La naissance de celui que nous avions le bonheur de posséder, fut regardée avec raison comme un grand bienfait du ciel; la Nation crut se survivre à elle-même, & l'enthousiasme devint universel. Les brillantes qualités qui ſe développoient d'une manière incroyable dans cet auguſte enfant, juſtifioient pleinement les plus heureux préſages. Chaque jour ſembloit promettre de ſa part quelque nouvelle vertu, lorſque nous eûmes le malheur de le perdre.

Nous avons cru qu'on nous ſauroit quelque gré de ce foible hommage rendu à la mémoire d'un jeune prince qui, quoique moiſſonné dès l'entrée même de ſa brillante carrière, a encore aſſez vécu pour mériter les regrets de ſon auguſte famille & de la nation entière.

Filius ſapiens lætificat patrem. Prov. 15, ch. 20. Un fils ſage réjouit ſon père.

C'EST le bonheur dont jouit déjà, mes chers enfans, notre auguſte monarque. Au milieu des embarras du gouvernement & des inquiétudes publiques qu'il partage en père tendre, ćre, il goûte du moins la douce ſatisfaction de voir dans l'héritier de ſon trône, le digne ſucceſſeur de ſon amour pour ſon peuple. Combien cette attachante penſée répand de charmes ſur ſa vie, & combien ce royal enfant ſemble s'étudier à la rendre plus délicieuſe encore! On diroit que le bonheur de voir ſon auguſte père lui donne une nouvelle exiſtence. Il oublie toutes ſes autres penſées pour ſourire à la tendreſſe paternelle : aux plus touchantes careſſes répondent les plus vifs transports. L'amour confond tous leurs ſentimens. Tous deux n'ont qu'une même ame. Que ne ſe paſſe-t-il pas entre la reine & cet aimable enfant! Que ne ſe diſent-ils pas dans leur attendriſſement mutuel! leurs cœurs ne peuvent conſentir à ſe ſéparer.

Quelle leçon de piété filiale pour

vous, mes chers enfans, & que ne peut-on pas attendre d'une telle ame pour le bonheur commun!.... Imaginez les plus éminentes qualités relevées par-tout ce que la candeur a de plus intéressant : figurez-vous la vertu embellie par tous les charmes de la douceur ; aussi à peine il s'est montré, cet auguste enfant, & la nation n'en parle qu'avec enthousiasme. C'est à qui composera son histoire d'évènemens plus fameux ; & toujours le bonheur public se place à côté du sien, tant on croit avoir lu dans ses regards, toujours prêts à s'attendrir, que ce sera là infailliblement un jour la passion dominante de son cœur. Que seroit-ce, si vous pouviez entendre son illustre gouverneur, si bon juge en fait de sagesse, raconter lui-même les choses merveilleuses dont il est le témoin & le confident? Semblable au jeune Salomon, déjà il a connu tout le prix de la ſageſſe. On diroit que Dièu, pour prépàrer en lui un être extraordinaire, eût révélé à ſon enfance ces merveilleuſes connoiſſances qu'il a cachées au reſte des mortels, *revelaſti ea, parvulis*; Math. 11. 25. Chaque trait de ſa part eſt un trait de lumière. Tous ceux qui l'approchent s'étonnent de la juſteſſe de ſes idées, de la circonſpection ſingulière qui domine dans toute ſa conduite. Mais il eſt ſur-tout une vertu propre des rois qui affermit le trône, en même-temps qu'elle élève la nation, *juſtitia elevat gentem*..... Proverbe 14. 34. *juſtitiâ firmatur ſolium*. Ibid. 16. 12. A quel point. incroyable ne la poſsède-t-il pas? Ecoutez, mes chers enfans, & comprenez, s'il eſt poſſible, tout ce que promet d'admirable une ame formée, ſi je l'oſe dire, de la juſtice même

& pour la justice.... Un de ces antiques soldats qu'une république voisine donne à la France, & qui semblent naturalisés parmi nous, tant ils partagent nos sentimens pour le monarque, étonné de l'intérêt que lui témoigne ce royal enfant dans une heureuse rencontre, & de la manière touchante dont il veut bien provoquer sa franchise, lui répond par le mot dont il exprime ses plus doux sentimens : *mon camarade*. Dès ce moment s'établit entre le jeune prince & le vénérable militaire une sorte de commerce d'amitié que l'un & l'autre semblent également jaloux de renouveller... une occasion se présente d'obliger ce brave soldat : aussitôt la demande est faite par le dauphin & accordée par le roi ; mais à la joie qui transportoit le jeune prince, se mêle tout à coup un profond sentiment de triſteſſe, on cherche à en pénétrer la cauſe. La voici : « Je crains que mon empreſſement à obliger mon camarade ne m'ait fait commettre une injuſtice. J'aurois dû, avant de demander la place, m'informer ſi celui qui eſt mort ne laiſſe pas un fils ». Quelle réponſe ! à ſept ans, mes chers enfans, ſentir tout le prix de la juſtice, ſentir que la juſtice eſt au-deſſus de la bonté même ; qu'elle doit être la première vertu des rois ! Ce trait dans un âge ſi tendre paroîtroit-il même poſſible, ſi de reſpectables témoignages n'en garantiſſoient la certitude.

Pour faire d'une telle enfance l'apprentiſſage de la plus belle vie, que falloit-il encore, mes chers enfans ? qu'il sût ſouffrir !

Que le temps ne permet-il de parcourir cette triſte partie de ſa languiſſante carrière ! Ce peu de mots ſuffiront pour vous remplir de la plus vive émotion, & intéreſſeront sûrement vos cœurs à ſon ſort. Cet auguſte enfant ſouffre preſque toujours, & ne ſe plaint jamais. Faut-il paroître devant la famille royale ? la joie prend la place de l'affliction, & tout ſon être annonce une ſatisfaction générale. On ignoreroit qu'il ſouffre, ſi la nature épuiſée ne montroit de toutes parts le travail de la douleur. Dans un moment de défaillance preſque totale, le roi lui diſant : mon fils vous êtes bien foible ; il répond : « Ah ! papa, il ne me reſte de force que pour vous aimer » ! Réponſe ſublime qui aura des admirateurs, tant que le ſentiment ſera une vertu. Abandonné à lui-même & plus libre de ſes volontés, cherchera-t-il à tromper ſa douleur par quelques plaintes domeſtiques ! L'attendriſſement que lui cauſe le zèle de toute ſa maiſon à le ſervir, & l'impatience qu'on témoigne de voir une fin à ſes ſouffrances, voilà le ſeul murmure qu'il laiſſe échapper! Quel courage ne ſuppoſe pas la fermeté d'une jeune ame qui réſiſte ſi bien à la douleur, & ne ſe laiſſe vaincre que par la ſenſibilité! Notre France a eu des Dauphins dont l'hiſtoire eſt devenue à jamais intéreſſante pour l'humanité. Celui-ci, par la réunion unique des plus rares qualités, ſemble deſtiné à les ſurpaſſer tous.

Et comme ſi la nature ſe repentoit d'avoir fait un ſi beau don à la France, parlons en chrétien, & que la douleur ne nous égare point! Comme ſi ce grand Dieu laſſé de nos outrages, avoit voulu ſeulement montrer à la France ce qu'il auroit fait pour ſon bonheur, ſi elle avoit ſu reſpecter ſa loi, voilà que la mort après avoir paru composer avec nos espérances, veut porter un dernier coup & précipiter l'auguste enfant dans la nuit du tombeau. O douleur! O désolation universelle! Dans un moment où ce père commun des françois excédé de toutes parts, épuisé en quelque sorte par toutes les grandes pensées qui préparent le bonheur public, dans un moment où son ame agitée de mille soins, ne se soutient que par l'espoir que l'objet de son amour sera rendu à son zèle, on lui annonceroit que son fils n'est plus, il entendroit dire que son fils est mort! .... Quoi d'être tout à la fois bon père & bon roi! Ces deux titres si extraordinairement réunis ensemble & consacrés par une foi simple & des mœurs austères, cette tendresse maternelle, si grande, si remarquable, devenue un objet d'admiration pour le royaume, tout ce que renferme cet auguſte couple dans leur ame commune de tendreſſe & de bonté, tout cela, dis-je, ne pourroit pas éloigner un ſi grand malheur ! .... Il faudroit donc éternellement s'écrier : tout eſt vanité ſur la terre, *omnia vanitas....* Eccl. 1. 1. Grand Dieu ! n'eſt-il pas temps de regarder en pitié l'empire de Saint Louis ; *uſque quo tu non miſereberis* ? Zach. 1. 12. Ordonne à la mort, comme autrefois à ce fougueux élément, ordonne-lui de s'arrêter, & qu'elle reſpecte le ſang de tant de rois ! *uſquè huc venies.* Job. 38. 11.

Cette victoire à remporter ſur la mort, le roi, mes chers enfans, veut la partager avec vous, il ſollicite votre ſenſibilité, il preſſe vos jeunes ames de prendre part à ſa douleur.... Ah ! ſans doute, vous répondrez à ſa confiance par le plus tendre intérêt, vous ferez retentir le temple de vos cantiques, vous ferez une ſainte violence au ciel par vos ſupplications réitérées. Pour former en faveur de cet auguſte enfant des vœux plus ardens, des adorations plus profondes, vous oublierez votre légéreté ordinaire, vous ſacrifierez toute diſſipation. Après avoir eſſayé tous les moyens que pourra vous ſuggérer votre bon cœur pour toucher l'éternel, vous lui offrirez une victime toute puiſſante, le ſang de Jeſus-Chriſt. Ne feriez-vous pas trop heureux, mes chers enfans, quand vous n'auriez ſoulagé qu'un inſtant le cœur d'un ſi bon père?

Vous le lui devez à tant de titres! Si vous aimez vos parens, ne devez-vous pas chérir celui qui ne reſpire que pour eux? Hélas! vous n'entendez que trop parler de diſcuſſions politiques, de prétentions qui ſe contrediſent, d'intérêts oppoſés les uns aux autres, qui ſuſpendent depuis ſi long-tems les opérations du bonheur général ; entendez-vous une seule fois contester l'amour du roi pour son peuple ? dans la fermentation qui agite tous les esprits, le seul point dont on convienne, n'est-ce pas que le roi est bon, que le roi sacrifieroit tout pour voir son peuple heureux ? Quelle bonté donc que celle qui au milieu de tant de contradictions, ne trouve pas un seul contradicteur ! Sans doute, mes chers enfans, qu'elle a fait sur vos jeunes ames la plus profonde impression, & sans doute aussi que le tendre objet de son amour devient en ce moment bien cher à vos cœurs !

Je dois même le dire, vous êtes tous intéressés d'une manière bien particulière à la conservation de ce royal enfant. Pour une si belle ame, ne sera-ce pas un besoin que de vous rendre heureux ? Tel est, mes chers enfans, l'ordre établi pour le cours des choses humaines : les rois & les sujets disparoissent après un certain temps, & à eux succèdent d'autres qui occupent les mêmes rangs & qui prennent les mêmes places. O providence de Dieu ! conserve long-temps à la France ce bon roi qu'elle adore ! Puisse-t-il jouir long-temps du fruit de ses travaux, voir ses sacrifices couronnés par le bonheur public, & sa longue carrière se former au milieu des bénédictions des peuples ! mais enfin le dernier service qu'il rendra à la nation, ce sera de lui donner un successeur formé par ses vertus, & le dernier plaisir pour son ame sensible, de penser que son fils sera votre bonheur, comme lui-même il aura fait le nôtre.

De quelle importance n'est-il donc pas pour vous que vos supplications aient un heureux effet ! Obtenir de longs jours pour cet auguste enfant, c'est vous assurer pour l'avenir un tendre protecteur, un bienfaiteur généreux. Il entendra dire un jour (eh! un guide aussi éclairé que sage pourroit-il lui rien laisser ignorer de tout ce qui peut rendre bon ?), il s'empressera de lui apprendre qu'à la première nouvelle du danger éminent qui menaçoit sa vie, les enfans même, les enfans sur-tout témoignèrent leur douleur. Quel souvenir n'en conservera pas son cœur si naturellement sensible ? Ne voudra-t-il pas toute sa vie payer toujours de nouveau sa dette à la reconnoissance ?

C'en est assez, c'en est trop, mes chers enfans, pour vous faire sentir combien de motifs doivent vous porter à donner à votre bon roi toutes les marques de sensibilité dont vous êtes capables. Accoutumés à prendre part aux événemens publics, celui-ci, je n'en doute pas, pénétrera du plus vif intérêt vos ames toutes patriotiques. L'attendrissement qui règne parmi vous, annonce assez que vous n'êtes point indifférens à la désolation générale. Ah! si votre âge vous permettoit de comprendre dans quel abîme de douleur seroient plongés le meilleur des pères & la plus tendre des mères!... Hélas! ils sont déjà inconsolables, & l'ombre de la mort semble les avoir enveloppés avec leur tendre enfant. Que sera-ce, grand Dieu, si vous n'avez pitié de leurs augustes personnes!

Mes chers enfans, essayons de détourner le malheur qui les menace. Demandons avec ferveur, demandons avec larmes le rétablissement de la santé d'un prince aussi cher à leurs Majeſtés, que précieux à la patrie. Rempliſſons leur attente, allons même au-delà. Par tout ce que la religion a de plus touchant, par tout ce que la charité de Jeſus-Chriſt a de plus efficace, ſupplions le Très-Haut d'être propice à nos vœux. Qu'il applaudiſſe à notre zèle, qu'il béniſſe nos ſouhaits, & que l'heureux effet de tant de ſupplications ſoit tout à la fois la ſanté parfaite du jeune prince pour qui la nation tremble, la fin de toutes les allarmes, & le commencement d'une joie pure pour ſes auguſtes parens! *gaudeat pater tuus & mater tua & exultet quæ genuit te.* Prov. 23, 25. Enfin que cette grace unique comble tous les vœux, & ſoit comme le prélude certain du bonheur de la France.

DISCOURS

Pour une assemblée de charité, tenue dans la chapelle du Collége en Janvier 1789, le Très-Saint-Sacrement étant exposé.

ARGUMENT.

Il n'est pas sans doute au pouvoir des écoliers de remplir souvent le précepte de l'aumône ; mais il est des circonstances impérieuses où l'on doit partager, même son nécessaire. Telle étoit celle qui donna lieu à ce discours. Le cruel hiver qui fit tant de malheureux, avoit répandu parmi nos pensionnaires un esprit général d'attendrissement & de compassion : nous crûmes qu'il falloit l'éclairer, & en tirer un grand parti pour l'avenir.

Il fut arrêté que les pensionnaires ne

pourroient rien demander à leurs parens ; (cette bonne œuvre devant être prise uniquement sur leurs étrennes) & qu'ils nommeroient six d'entr'eux pour administrer les aumônes conjointement avec les supérieurs. Le spectacle de l'affreuse misère produisit sur ces jeunes gens & sur leurs camarades, dont ils furent successivement accompagnés, des impressions de douleur qu'il n'est pas possible de peindre : nous eûmes la satisfaction de les voir, tout à la fois soulager les malheureux par leurs aumônes, & puiser dans leurs tristes réduits, des leçons de sensibilité qu'ils ne pourront jamais oublier.

Et mihi est cor sicut & vobis. Job. 12, 3.
J'ai aussi un cœur comme vous.

TANDIS que tous les ordres de citoyens s'empressent, par d'abondantes aumônes, de signaler leur bienfaisance ; tandis que des familles augustes se disputent la douce satisfaction d'arracher des victimes à deux grands fléaux ; tandis que le meilleur des Rois se montre si bien le père des pauvres, il vous tarde, sans doute, mes chers enfans, de mêler votre foible hommage à la bienfaisance générale. Vous avez entendu dire que l'affreuse misère immoloit chaque jour les mères & les enfans ; que de malheureux vieilllards succomboient à la rigueur d'un froid qui glace le sang dans leurs veines : à ce lamentable récit, vos ames ont été émues ; &, dans l'enthousiasme de votre sensibilité, vous avez dit : j'ai du moins un cœur comme ces heureux bienfaiteurs de l'humanité : *& mihi est cor sicut & vobis.*

L'attendrissement qui règne déjà parmi vous, m'annonce assez, mes chers enfans, que telle a été la dispoſition de vos ames. Ah ! ſi vous pouviez voir la misère elle-même avec toutes les horreurs qui l'accompagnent, avec tous les crimes qu'elle inſpire : ici flétriſſant l'ame, épuiſant la patience ; là, conſeillant le mépris de ſoi, allumant la haine au fond des conſciences ; réduiſant des familles honnêtes à l'affreuſe alternative ou d'acheter leur exiſtence par le crime, ou de ceſſer d'exiſter ; mais le plus grand des excès, parce qu'il eſt ſans reſſource ! . . . forçant des citoyens utiles à préférer une mort fatale à une honte mal-entendue ! . . . .

Les calamités des provinces ajoutent encore aux calamités de la capitale. On n'entend que nouvelles déſaſtreuſes ! Chaque jour ce ſont de nouveaux malheurs ! Les yeux ne rencontrent plus que d'affligeantes images ! . . . La mémoire ne rappelle plus que de déſolantes penſées : On diroit que les fléaux comme autant d'anges exterminateurs, se sont partagé ce royaume pour le remplir de désolation & de terreur : au moment même que nous commencions à espérer, la colère du ciel ne semble-t-elle pas encore redoubler contre nous ? O Dieu ! jusqu'à quand donc verra-t-on encore les terribles effets de ton courroux ? *Usquequò, Domine, irascaris ?* Psalm. 78. 5. Grand Dieu ! permets à ces enfans d'invoquer ta clémence ! que leurs tendres soupirs s'élèvent jusqu'à ton trône ! aux cris de l'innocence accorde la fin de nos malheurs ! *Domine . . . — quiescat ira tua.* Exod. 32. 12.

Touchés, vivement émus au souvenir des maux publics, vous voudriez, mes chers enfans, ajouter à de ferventes prières, des aumônes abondantes ; & peut-être, en ce moment, pour la première fois, sentez-vous qu'il est un prix aux richesses ? Consolez-vous, ames sensibles : le vrai pauvre sait aussi apprécier le vœu d'un bon cœur. C'est donner beaucoup que de donner le peu que l'on a ; & l'on donne infiniment quand on desire donner beaucoup. Votre empressement à soulager les malheureux, suppléera aux soulagemens que vous ne leur apporterez pas. Déjà vous avez renoncé à toutes les fantaisies de votre âge : vous ne voulez point de superflu ; vous sacrifiez vos plaisirs... vos plaisirs ! Mot barbare, que je me garderai de prononcer dans l'affreuse conjoncture qui nous rassemble ! Ce seroit mal-entendre les sentimens qui vous animent : vous condamneriez ma foiblesse . . . ou plutôt, mes chers enfans, vous ne ferez que changer de plaisirs. Des privations de quelques instans vous procureront des jouissances inexprimables pour toujours : vous ſaurez ce que c'eſt que de porter la douce conſolation dans l'ame d'un malheureux qui expire ! Et quand une fois on a eu ce bonheur, on s'eſt procuré des plaiſirs pour toute la vie.

Si tel eſt le prix des actes d'humanité, que ſera-ce des œuvres dirigées & ſanctifiées par la religion ? Si la bienfaiſance a tant d'attraits, parce qu'elle règne ſur le cœur des hommes, quels charmes ne doit pas avoir la charité chrétienne qui aſsûre pour toujours le cœur de Dieu ! plus on y penſe, plus on s'attendrit : on voudroit toujours y penſer, & en y penſant on ſe croit capable de tous les ſacrifices : on ſacrifieroit ſa vie même... Ah ! que ne peut-elle, en ce moment, ſe préſenter devant nous, cette innombrable multitude de malheureux qui couvrent la face de ce royaume, tous portans le caractère ſacré de membres ſouffrans de Jéſus-Chriſt : quelle auguſte aſſemblée ! Avec quel tranſport nous nous proſternerions devant elle ! Nous voudrions eſſuyer toutes les larmes, arrêter tous les ſoupirs, étouffer tous les déſeſpoirs, rappeller la tendre confiance dans tous les cœurs, le doux ſourire ſur toutes les lèvres ! Hélas ! les accablantes infirmités plus encore que la diſtance des lieux, les cruelles maladies, ſuites inſéparables de l'extrême misère, ne nous permettent pas ce bonheur !

Hé bien, mes chers enfans, nous aimerons à vous conduire dans les aſiles de l'indigence, vous verrez par vous-mêmes combien le ſpectacle de la misère eſt impoſant ! Avec quelle vénération vous ſaluerez ces bons vieillards couchés ſur leur lit de douleur ! ... Leur lit ... Hélas ! combien parmi eux ne connoiſſent pas même cet adouciſſement à leurs maux ! Quel reſpect ne vous inſpireront pas ces malheureuſes mères, tenant les fruits d'une ſainte union, palpitans ſur leur ſein ? Comme vous chercherez à rappeller ces petits enfans à la vie ! Quelles innocentes careſſes vous leur prodiguerez ! Mille fois vous les mouillerez de vos larmes de tendreſſe ! Dans l'excès de votre attendriſſement, vous vous écrierez ſans doute : Nous ſommes vos ſemblables par l'humanité ; mais nous ſommes vos frères par la religion : *ego ſum frater veſter*.. Gen. 45. 4. Recevez cette légère offrande de notre ſenſibilité : nous pouvons bien peu pour vous ; mais nous formerons des vœux en votre faveur : le plaiſir de vous avoir ſoulagés un moment, nourrira dans nos ames le deſir de vous ſoulager abondamment dans la ſuite : ah ! vivez ! vivez donc pour notre bonheur, comme pour le vôtre.... C'eſt alors que ces mères infortunées, voyant en vous les bienfaiteurs futurs de leurs malheureux enfans, ſe conſoleront pour la première fois de voir exiſter encore les triſtes victimes de leur infortune! quelle penſée! quelle inépuiſable ſource de félicité!

Il eſt un genre de bienfaiſance qui exige plus de précaution. C'eſt outrager une ame trop ſenſible que de lui rappeller ſa misère. Ici, mes chers enfans, vous parlerez ſeulement le langage de l'amitié : vous cacherez vos bonnes intentions. La charité induſtrieuſe fera le reſte. Enfin par-tout vous chérirez l'occaſion de faire du bien : toujours vous reſpecterez le malheur.

C'eſt ainſi, mes chers enfans, que donnant à votre éducation pour baſe la charité chrétienne qui rend l'aumône ſi agréable à celui qui reçoit, ſi utile à celui qui donne, vous mériterez de remplir un jour l'attente ſacrée de la religion comme de la patrie. Formés de bonne heure au plaiſir de faire du bien, nourris, dès votre plus tendre enfance, de la charité de Jéſus-Chriſt, vous ſerez néceſſairement bons; & quand on eſt bon!... la bonté ſupplée à tout & rien ne peut ſuppléer à la bonté.

Et vous, Meſſieurs, qu'un motif touchant réunit, en ce moment, à vos jeunes condiſciples, vous voyez que la vertu a auſſi ſes plaiſirs! & que l'on peut ſe paſſer de ceux que le crime prodigue. Ah! n'oubliez jamais la ſainte émotion que vous éprouvez : qu'elle ſerve à vous rappeller, toute votre vie, les principes ſacrés que vous puiſâtes dans cette maiſon. Hélas! peut-être avez-vous déjà été tentés de les ſacrifier! Que ne peut pas le torrent de l'exemple?

Mais euſſiez-vous eu le malheur d'abjurer des ſermens tant de fois renouvellés devant cet autel, il eſt au pouvoir des pauvres de vous réconcilier avec Dieu. La charité couvre toutes les fautes ſans exception : *univerſa delicta operit charitas.* Prov. 10. 12. Craignez-vous pour l'avenir ? (& il eſt ſi prudent de craindre ! ...) Liez plus étroitement votre ſort à celui des pauvres. Le cri du pauvre eſt tout-puiſſant ſur le cœur de Dieu : *non eſt oblitus clamorem pauperum.* Pſal. 9. 13.

Mais il eſt temps de ſatisfaire à l'impatience qui vous anime. Venez donc, mes chers enfans, dépoſer aux pieds de Jéſus-Chriſt, le tribut de votre bienfaiſance. Hélas ! peut-être en ce moment, il eſt des malheureux qui ſe conſolent dans l'attente que vous mettrez fin à leurs maux ! Livrez-vous à toute la généroſité que votre religion vous inſpire : montrez que ſi vous n'avez pas les mêmes moyens que tant d'autres, vous avez du moins un cœur comme eux : *& mihi eſt cor ſicut & vobis.*

Que le père des miſéricordes, que le Dieu de toute conſolation béniſſe vos pieux deſſeins ! Qu'il répande la douce paix par-tout où vous porterez vos aumônes ! Puiſſent ces prémices de votre charité conſacrer toutes les parties de votre éducation, ſanctifier toutes les époques de votre vie, & devenir pour vous un ſujet de bonheur dans ce jour redoutable de la manifeſtation des conſciences! *Beatus qui intelligit ſuper egenum & pauperem, in die malâ liberabit eum Dominus.* Pſalm. 40.

DISCOURS

SUR L'ÉMULATION.

ARGUMENT.

De tous les avantages qui démontrent la supériorité de l'éducation publique, le plus important est sans contredit l'émulation. C'est dans les écoles, comme dans des foyers communs, que les esprits les plus lents & les plus apathiques sont échauffés, vivifiés & rendus capables, du moins de penser, s'ils ne sont pas propres aux sciences. Là aussi, la vertu embellie en quelque sorte par la louange publique, présente plus de charmes & devient plus impérieuse.

La tendresse mal-entendue & l'intérêt particulier auront beau exagérer les dangers de la communication, le bien l'em-

portera toujours ſur le mal ; rien n'égale le pouvoir de l'exemple ; rien ne peut y ſuppléer : il ſaut, a dit ſagement un ancien, avoir qui l'on puiſſe égaler, puis vaincre.

Bonum æmulamini.

Ayez de l'émulation pour le bien. Gal. ch. 4.

L'HOMME, par une ſuite fâcheuſe, mais néceſſaire de ſon ancienne dégradation, tient toujours par quelque endroit à la baſſeſſe. Le créateur pour le défendre contre le mépris de ſoi & le rappeller à ſa première grandeur, jetta dans ſon âme le feu ſacré de l'émulation ; mais ce feu, pour produire de grands effets, a beſoin de ſe communiquer, & c'eſt le grand jour qui lui donne toute ſon activité : de-là ces établiſſemens fameux conſacrés par la ſageſſe de nos pères à la gloire de l'émulation ; de-là ces écoles publiques où les esprits en présence, si on peut parler ainsi, les uns des autres, s'excitent mutuellement & s'électrisent à l'envi, profitent de leurs communes découvertes, & forment de leurs divers talens comme un talent public, capable de se perfectionner & de se signaler par les plus sublimes productions.

Mais c'est sur-tout pour faire briller la vertu que l'émulation fut envoyée du ciel; & elle ne remplit à proprement parler des fonctions dignes d'elle, que lorsque toute occupée des intérêts de Dieu, elle allume par-tout l'enthousiasme de sa gloire.

Reçois donc, émulation sainte, l'hommage de ces enfans, embrâse-les de tes feux sacrés, consacre leur éducation religieuse, comme leur éducation littéraire.

L'émulation, mes chers enfans,

fut chez tous les peuples le reſſort des grandes ames. Dans les faſtes de la religion comme dans l'hiſtoire des empires, c'eſt toujours elle qui porte aux grandes actions, qui commande les grands ſacrifices. Le culte divin lui dut ſes défenſeurs, l'évangile de J. C. lui doit ſes martyrs. C'eſt elle qui éleva au faîte de la grandeur, ces anciennes puiſſances ſi vantées, qui fit de Carthage la rivale de Rome, qui rendit Rome la maîtreſſe du monde ; c'eſt elle qui de nos jours, a échauffé les courages, a multiplié les grands exemples. Tout ce que la piété a jamais fait entreprendre de plus magnanime, tout ce que l'humanité a jamais conſeillé de plus généreux, les chefs-d'œuvre de l'art, les prodiges du génie, les merveilles de la valeur, toutes les grandes vertus, tous les ſublimes talens, voilà ſon ouvrage.

Semblable

Semblable à l'aſtre bienfaiſant qui féconde la nature, & dont l'abſence fait tout languir, l'émulation eſt comme la vie de nos ames; la laiſſe-t-on s'éteindre? tout ſemble périr avec elle.

C'eſt pour la faire fleurir parmi vous que cet aſyle eſt ouvert. Abandonnés à vous-mêmes, livrés à votre propre conſeil, vous auriez ignoré tout ce que pouvoit le courage: ici ſont réunies pour vous toutes les reſſources à la fois. La rivalité, ſans avoir rien d'odieux, peut mettre en uſage l'aiguillon de la gloire. Le vainqueur tire un nouveau prix de la publicité de ſon triomphe, & le vaincu trouve auſſi dans la louange publique, de quoi s'applaudir de ſes efforts. Les obſtacles qui excitent le zèle ſans aigrir le caractère, ajoutent encore à l'impatience de vaincre. Rien n'égale la flamme dont on brûle, que le plaiſir de ſurpaſſer les autres : ici ſe ſuccèdent continuellement les ſcènes les plus intéreſſantes. A-t-on ſuccombé un jour ? on veut ſe relever le lendemain. Une nouvelle victoire fait oublier tout ce qu'avoit eu d'humiliant une nouvelle défaite, & ſans ceſſe renaiſſent les occaſions de combattre & de vaincre : ici la carrière s'ouvre à toutes ſortes de combattans. Si l'on eſt inférieur en talent, on peut l'emporter par la vertu. La ſageſſe a auſſi ſes athlètes comme l'eſprit, & la piété diſtingue mieux encore que le génie.

Avec tant de moyens d'émulation, pourriez-vous, mes chers enfans, demeurer encore inſenſibles à ſes attraits ? Quelque libérale que ſe ſoit montrée la nature à votre égard, ce riche fond, il faut que l'émulation le travaille & le mette en valeur; autrement ce n'est plus qu'un bien stérile qui perd chaque jour de son prix. Si l'émulation n'échauffe vos cœurs & n'excite vos esprits, si un violent desir de profiter de tous les avantages dont vous êtes environnés, ne vous porte pas à donner à votre éducation toute la perfection dont elle est susceptible, avec tout le germe du talent, avec toutes les dispositions à la vertu, vous ne brillerez point par des succès. Une triste médiocrité, peut-être même une dégradation avilissante, voilà votre partage.

J'ai dit une triste médiocrité, c'est la peine du talent, lorsqu'il manque d'entretenir le feu sacré de l'émulation. Insensiblement la sphère des idées se rétrecit, le plaisir de faire des efforts n'a plus de charmes, on perd l'habitude de s'élever, on finit par oublier tout-à-fait la gloire; le même principe qui arrête la marche de l'eſprit, étouffe auſſi les qualités du cœur ; on ſe croit aſſez bon, parce qu'on n'a pas certaines foibleſſes. On choiſit parmi les œuvres de la religion, celles qui exigent le moins de ſacrifices ; diſons mieux, on ferme ſon ame à la vraie piété, & alors commencent les paſſions. Avec de l'émulation, on auroit porté dans le monde toute la recommandation que donne la ſcience relevée par beaucoup de ſageſſe ; parce qu'on a renoncé à l'émulation, on vit ignoré, on meurt dans l'oubli.

J'ai dit encore une dégradation aviliſſante ; je parle de ces miſérables eſclaves d'une odieuſe pareſſe, ennemis déclarés de toute émulation, le déſeſpoir de notre zele ; pour eux, la nature ne parle point, l'univers eſt muet, Dieu repoſe ou n'eſt plus ;

morts à tout ce qui vit, ils dédaignent également la louange & le blâme, la gloire & le mépris; leur talent, ils ſavent feindre; leur reſſource, ils s'ennuient; haïr tout devoir, eſt leur affreux bonheur. De ſi honteux commencemens peuvent-ils avoir une fin bien glorieuſe? ou plutôt tels que ces arbres maudits de Dieu, parce qu'ils ne portent point de fruits, ne les verra-t-on pas expier dans le monde par l'opprobre & l'ignominie, les coupables exemples qu'ils auront donnés au collége? Combien de ſcènes déshonorantes & tragiques trouveroient ici leur première ſource & leur cauſe véritable! Combien de malheureuſes victimes pourroient ici s'écrier: « Pourquoi ai-je eu en horreur la ſage diſcipline? pourquoi mon cœur ne s'eſt-il pas rendu aux réprimandes ſalutaires? pourquoi n'ai-je pas prêté une oreille attentive aux conseils de mes maîtres ? *Cur detestatus sum disciplinam, & increpationibus non acquievit cor meum, nec audivi vocem docentium me, & magistris non inclinavi aurem meam ?* Prov. c. 5 ». Mais éloignons de notre pensée tout objet sinistre, & continuons d'admirer les merveilleux effets de l'émulation.

Oui, mes chers enfans, dans les mains de l'émulation, un fonds même ordinaire devient une mine abondante. Par l'amour de la gloire qu'elle sait alimenter, elle réveille & enhardit le courage, elle prépare & assure les succès. N'a-t-on pas vu des esprits médiocres, à force de lutter contre une nature ingrate, franchir toute barrière, s'élever comme autant de phénomènes jusqu'aux génies du premier ordre, & vérifier pleinement l'adage consolateur ; qu'on peut tout, quand on croit tout pouvoir ? L'hiſtoire eſt pleine de ces exemples ; c'eſt preſque toujours le courage qui fait les grands hommes, & non pas la nature.

Qu'elle eſt puiſſante l'influence de l'émulation ! Qui de vous n'admire pas un Thémiſtocle troublé au milieu de ſon ſommeil par les trophées de ſon rival ; un Alexandre ſe plaignant amèrement que ſon père ne lui laiſſeroit rien à conquérir ; un Jules Céſar s'écriant avec larmes, qu'il n'avoit pas encore commencé à vaincre dans un âge où Alexandre avoit déjà conquis des royaumes ! Combien plus admirable encore cette légion fameuſe, ces hommes ſi dignes du nom chrétien, qui tous, à l'envi les uns des autres, ſe laiſſent égorger plutôt que de conſentir à devoir la vie à un crime ! Que dirai-je de cette nuée de témoins dont parle un Apôtre, dont la vie & la mort furent un miracle continuel de l'émulation? Que dirai-je de tant de projets sublimes de bienfaisance publique, de grandeur nationale, qui honorent l'humanité & mettent le sceau aux grands siècles? L'influence de l'émulation s'étend à tout, on n'est grand que par elle, tous les genres de gloire lui appartiennent. Il y a eu des siècles où elle étoit ignorée parmi nos pères; aussi quels siècles & quels hommes!

Vous ne souffrirez pas sans doute, mes chers enfans, qu'elle s'éteigne parmi vous, cette belle émulation; au contraire, vous en ferez la base & le principal mobile de votre éducation. S'il y a de la bassesse à porter envie aux succès de ses condisciples, il est aussi d'une ame élevée de chercher à les égaler. L'émulation veut même qu'on tente de les surpasser;

elle dédaigne les ſuccès médiocres, le zèle timide n'a point de prix à ſes yeux. Pour être avoué d'elle, il faut remporter des victoires.

Combien de motifs vous avez, mes chers enfans, pour la faire régner parmi vous! D'abord la religion qui a les yeux ſur vous, & qui peut-être attend de vos progrès la fin de ſes malheurs. Nés dans ſon ſein & adoptés par elle, vous devez vous préparer à la défendre un jour par vos lumières, ou à la conſoler du moins par votre ſageſſe. Vous connoiſſez les magnifiques récompenſes deſtinées au ſerviteur fidèle. Que faut-il de plus pour animer tout votre zèle? Si un payen a pu dire qu'il avoit de trop grandes prétentions pour deſcendre juſqu'à la baſſeſſe du vice, vous chrétiens, vous tous enfans chéris de la religion, quel ſaint orgueil, quelle ſublime ambition ne doit pas s'emparer de vos ames ! Quel objet ſera digne de paſſionner vos cœurs, ſi ce n'eſt le Dieu qui les forma ? Et à qui appartiennent vos premiers hommages, ſi ce n'eſt à celui qui ſeul peut faire votre bonheur ! Qu'elle brille, qu'elle éclate donc parmi vous, cette belle ardeur pour le bien, *bonum æmulamini !* Guidés dans vos études par l'enthouſiaſme de la gloire, que le plaiſir d'avoir vaincu vous enchante ! que le plaiſir de vaincre encore vous tranſporte ! enfin que les promeſſes de la religion enflamment votre émulation ! que l'attente de la religion porte votre émulation à ſon comble !

La patrie vous tend auſſi les bras & vous recommande ſa deſtinée. Quel tendre intérêt elle met à vos travaux ! elle veut que ſon premier ſénat interrompe ſes grandes occupations pour encourager vos efforts, que ses citoyens les plus illustres applaudissent à vos succès ; & c'est en son nom que la couronne du triomphe est posée sur vos têtes ; mais cette flatteuse distinction dont elle honore vos premiers essais, prenez bien garde, & n'oubliez jamais que c'est un engagement sacré que vous contractez avec elle. Désormais elle ne voit plus en vous que des talens qui lui appartiennent, des lumières pour ses enfans ; vous n'êtes plus les maîtres de votre temps, la race future a droit à vos veilles. Si l'innocence succomboit un jour faute de vengeur, si l'orphelin manquoit de conseil, si la chose publique ne trouvoit plus de zélateur, tous ces crimes seroient vos crimes. Plus la patrie compte sur vous, plus vous devez travailler pour elle... Voyez la foule d'affreuses injustices destinées à rester dans les ténèbres, si votre talent exercé par de longues études, ne les dénonce au grand jour; voyez le torrent des abus bientôt arrêté dans sa source, mugir de nouveau dans la suite, & menacer encore la nation, si votre zèle digne de soutenir le zèle de vos pères, ne lui oppose une digue puissante! Sans cesse entendez les cris de l'infortune appeller votre courage nuit & jour; voyez couler des larmes, qui ne pourront être séchées que par vos mains; voyez le sort de tant de malheureux dépendre de vos études; voyez le bonheur de vos semblables devenir le prix de votre émulation! Quelle pensée! il s'est trouvé des hommes qui se croyoient trop heureux de mourir pour leur patrie.... Mes chers enfans, ayez du moins le courage de vous préparer à vivre pour la vôtre. Il est si doux de servir sa patrie!

Vos parens, nom ſacré! Quel nouveau motif d'émulation! vous le ſavez, ils ne s'occupent que de votre bonheur, ils ne reſpirent que pour vous. Hé bien, un moyen sûr pour acquitter toutes vos dettes, (celle de la tendreſſe exceptée) faites des progrès dans vos études, diſtinguez-vous par votre piété.... Ils ſont ſi attentifs à récompenſer vos ſuccès! Ils ſavent ſi bien mettre du prix à vos vertus! Vous n'oublierez jamais, ſans doute, ces doux inſtans où recevant de vos mains les lauriers de vos victoires, ils cherchoient par tant de tranſports à vous témoigner le ſentiment inexprimable de leur amour! Oublieriez-vous ceux où raſſurés ſur vos premiers penchans & convaincus qu'ils pouvoient tout attendre de votre piété, ils remercioient le ciel d'une manière ſi attendriſſante pour nous &

ſi digne d'épuiſer tous les ſentimens de vos cœurs ! Ah ! payez donc avec un nouveau zèle ce digne tribut à leur amour généreux, ſoyez ſages, ſoyez ſtudieux. Que le deſir de leur plaire nourriſſe & augmente de plus en plus votre émulation. Croyez les voir préſens à vos études, les entendre applaudir à votre zèle !.. Quel charme vous ajouterez à leur proſpérité ! ou ſi le triſte revers avoit flétri leur ame ; en apprenant que vous vous diſtinguez, ils laiſſeront couler des larmes de joie, & leurs maux, du moins, ſeront adoucis. Dignes émules du jeune Tobie, méritez de devenir un jour comme lui, la lumière de leurs yeux, *lumen oculorum*, le bâton de leur vieilleſſe, *baculum ſenectutis*. Tob. 10. 4. En deſcendant dans la tombe, qu'ils emportent avec eux cette conſolante penſée, qu'ils laiſſent à la patrie des citoyens utiles, à la religion des enfans ſoumis.

Pourrois-je oublier ici ces hommes généreux, vos guides & vos modèles? Quel ſoin, quelle application de la part des uns pour orner vos eſprits, pour développer en vous le germe du talent! Quelle attention, quels efforts de la part des autres pour graver dans vos ames les principes des vertus, pour diriger, pour fixer vos pas dans les ſentiers de la ſageſſe! Pour reconnoître tant de peines & de fatigues, une vigilance ſi conſtante & ſi paternelle, ſeroit-ce donc aſſez que de ne pas paroître indifférent pour le bien, que de faire ſeulement quelques progrès dans les lettres? Non ſans doute, vous devez par votre amour pour les connoiſſances, ſinon ſurpasser, du moins égaler l'ardeur de vos maîtres à vous instruire. De brillans succès, voilà l'hommage qu'il faut rendre à leurs talens. Une vertu à toute épreuve, voilà le tribut seul digne de leur zèle. En un mot la plus sublime émulation de votre part doit être le prix du plus parfait dévouement de la nôtre.

La providence vient encore ajouter à tous les autres motifs, en inspirant au meilleur des Rois d'ouvrir une nouvelle carrière à l'émulation publique. Désormais ce sera sous les yeux du Monarque que la nation elle-même discutera ses grands intérêts ; & dans ces augustes assemblées, comme autrefois à Rome, à Athènes, les talens & les vertus domineront seuls & brilleront de tout leur éclat. Quoi de plus propre à enflammer le courage, que l'espoir de voir enfin tomber devant ſoi toutes ces inſurmontables barrières imaginées par des préjugés iniques pour étouffer le génie ! Que de pouvoir par les efforts de ſon zèle, prétendre à tout ce qu'il y a de plus grand, ſi la première grandeur conſiſte à ſe rendre utile aux hommes, à faire leur bonheur ! Devoir à ſon propre mérite d'être appellé par la confiance générale à fixer le ſort de l'empire, n'est-ce pas une deſtinée bien flatteuſe & bien digne d'être achetée par les plus grands ſacrifices ! Avec de telles penſées, le travail peut-il avoir quelque choſe de trop pénible, peut-il ne pas avoir des attraits puiſſans, des charmes impérieux pour une belle ame !

C'eſt pendant le temps de l'éducation qu'il faut jetter les fondemens de ces brillantes eſpérances, c'eſt de bonne heure qu'il faut éprouver ſon courage, faire en quelque ſorte ſes premières armes & ſe familiariſer avec la gloire. Loin de vous donc, mes chers enfans, cette froideur, cette apathie déshonorante qui ne convient qu'à des ames viles; loin de vous une langueur qui conſumeroit triſtement les belles années de votre vie. Au milieu de tant de motifs d'émulation, la plus légère indifférence feroit un crime. Faites au collége l'eſſai de tout ce que vous vous propoſez d'être un jour dans le monde. Préparez-vous par les applaudiſſemens de vos condiſciples, à l'admiration de vos concitoyens. Ne travaillez que pour la gloire, ne reſpirez que pour la célébrité.

Mais ne dois-je pas craindre que cette ardeur de la gloire ne devienne un excès, qu'à force d'enflammer, elle n'égare; qu'à force de flatter, elle ne corrompe; que ses charmes ne ſoient des piéges, que ſes efforts n'enfantent des crimes? Non, ſans doute, mes chers enfans, il n'en ſera pas de vous comme de ces génies frivoles & ſuperbes qui, aveuglés par l'amour d'eux-mêmes, ne ſavent point s'élever juſqu'à l'auteur de leurs penſées, (pour eux la ſcience, parce qu'elle enfle, eſt une arme nue dans la main d'un inſenſé), encore moins comme de ces génies malfaiſans & deſtructeurs qui ne s'exercent que pour le malheur du monde, & qui proſtituant leur plume à l'infâme ſéduction, oſent vendre, à prix d'argent, l'art perfide de corrompre. C'eſt un exécrable abus du plus beau don de Dieu, qui accuſe toute puiſſance créée lorſqu'il demeure impuni; votre émulation, parce qu'elle eſt l'émulation du bien, ſera toujours ſoumiſe aux loix de la ſageſſe, *bonum æmulamini* : toujours vos fatigues auront l'honnête pour objet. Jamais le Dieu des ſciences n'aura à ſe repentir de vous avoir éclairés. Dans vos plus grands efforts, vous conſulterez la vertu.

O vous tous que la providence a chargés de préparer une généra-ration nouvelle, que ne puis-je vous faire entendre ma voix ! ſi on en croit les détracteurs de l'éducation publique, on ne voit ſortir de nos prétendus aziles de ſageſſe, que des eſprits diſſipés, ou des ames engourdies; peu de ſcience, & moins encore de piété. Formons une ligue pour confondre la calomnie; donnons plus d'énergie encore à la diſcipline; reſſerrons davantage, s'il le faut, les liens de la contrainte. Oppoſons aux premiers relâchemens un frein plus fort; qu'une éducation vraiment chrétienne embellisse l'ame de tous nos élèves ! Regardons comme rien leurs progrès dans les lettres, s'ils n'ont pas appris à les sanctifier par la religion. Que ce soit là l'éternel objet de nos sollicitudes ; que jamais notre zèle ne se rallentisse, veillons sur ceux qui veillent, soyons par-tout, soyons tout à tout pour sauver tous par l'émulation du bien ; *omnibus omnia factus sum ut omnes facerem salvos.* 1. Cor. 9. 22. Un si heureux concert de tant de soins fera succéder à la dissolution des mœurs présentes, la sagesse des mœurs futures. La vertu rentrée dans ses droits, fera par-tout goûter le bonheur ; nous serons les premiers heureux par la ravissante pensée que nous aurons été les auteurs d'une si belle révolution.

J'ai supposé, pères & mères, le concours de votre vigilance. Nous avons besoin que vous joigniez votre zèle à notre zèle, vos ſollicitudes à nos ſollicitudes. En ce moment ſur-tout où la fatale adulation s'empreſſera de leur faire ſentir qu'ils ſont libres, redoublez de zèle, uſez de tous les droits de père, tempérés par tout l'amour paternel. Quel crime, ſi vous alliez laiſſer s'éteindre ce feu ſacré que nous avons allumé & nourri avec tant de ſoin! Quel attentat ſi, par votre faute, une main ennemie réuſſiſſoit à introduire un feu étranger dans l'ame de vos enfans! Que ſeroit-ce, grand Dieu, s'ils alloient trouver la mort dans le ſein même où ils prirent la vie! Ah! ſoutenez la grande idée que nous leur donnons de vous. Qu'ils trouvent dans vos exemples domeſtiques de quoi ſe convaincre de plus en plus de la vérité des principes qu'ils auront puiſés au collége, toutes les reſſources de ſageſſe que nous leur promettons de votre part. Par toutes sortes de précautions, par toutes sortes de sacrifices même, s'il le faut, entretenez, augmentez encore en eux l'émulation du bien; ils vous devront une seconde vie, mille fois plus précieuse que la première.

Et vous que nous portons dans notre sein, tendres objets de notre amour, mes chers enfans, lorsque loin de nous, il ne vous sera plus donné de recevoir nos conseils, ah! pour la gloire de la reconnoissance, entendez le vœu de notre cœur; redites-vous quelquefois à vous-même, en pensant un instant à vos maîtres: « on ne cessoit de nous le répéter au collége, la vraie grandeur consiste à être utile aux hommes, & la vraie gloire est celle qui nous rend grands devant Dieu! » Pleins de cette sublime pensée, foulez aux pieds les paſſions, pour travailler au bonheur général. Puiſſe l'amour de la gloire & l'amour du bien ſe réunir & ſe confondre toujours dans vos ames, pour en faire à jamais la paſſion dominante & les délices! Payez ainſi votre dette à la religion & à la patrie; vous recueillerez les ineſtimables fruits de votre émulation; vous ſerez agréables à Dieu & aux hommes.

DISCOURS

Sur les dangers de la Dissipation.

ARGUMENT.

La dissipation est une sorte de folie qui rend les jeunes gens plus dignes de pitié, que coupables; ils font le mal sans y penser, comme ils font le bien sans y réfléchir. Sous ce point de vue, on pourroit attendre le remède du temps, si l'expérience n'apprenoit que ce mal moral, qui d'abord ne présente aucunes conséquences pernicieuses, entraîne cependant le plus de suites funestes.

Il en est de la dissipation comme de ces sirènes tant vantées, dont le talent propre étoit de cacher la mort sous le charme du plaisir. Son grand art est de revêtir les objets de couleurs séduisantes. Elle accou-

tume à voir tout en beau, & ne laisse appercevoir l'abîme qu'elle a creusé, que lorsqu'il n'est plus au pouvoir de l'éducation d'empêcher qu'on n'y tombe.

Heureux le maître observateur qui saura l'attaquer dans son principe & l'arrêter à force de zèle! Il est digne de former des sages.

Considera & recogita quid facias.

Voyez & réfléchissez à ce que vous faites. Premier livre des Rois, ch. 25, v. 17.

L'HOMME, en général, n'aime point à réfléchir, l'enfant est ennemi de toute réflexion. L'habitude de la légereté est pour lui ce qu'est pour le méchant l'habitude du mal. L'un & l'autre cherchent toujours à s'éloigner d'eux-mêmes, à cette différence près, que celui-ci redoute son cœur, & que celui-là ne connoit pas le sien. Si l'on ne vient pas au ſecours de cette première frivolité, il en réſulte ce que nous appellerons dans ce diſcours, la diſſipation. De cette première maladie morale naiſſent tous les défauts de l'enfant. Peu-à-peu ſes défauts ſe changent en vices, & bientôt ſes vices deviennent des paſſions. Celles-ci acquièrent déſormais un caractère de malignité qui corrompt la ſemence des vertus. C'eſt en notre abſence que nos paſſions forgent nos chaînes. Quel aſcendant donc ne prendront-elles pas ſur celui qui n'eſt jamais dans ſon cœur?

Déplorable condition de l'enfance! Le ſeul moyen d'arrêter le cours du mal, la réflexion, eſt celui préciſément, dont elle paroît le moins ſuſceptibles. Quelle main aſſez habile pourra faire goûter une ſi précieuſe reſſource? Sans doute l'éducation. Obſervez donc avec nous, mes chers enfans, les différens progrès de votre première carrière. Voyez commencer & a'ccroître vos premiers penchans ; & tandis que nous nous appliquerons à vous faire connoître tous les dangers de la diſſipation, demandez à celui qui eſt le Dieu de toute ſageſſe, qu'il vous rende attentifs à nos leçons & capables d'en profiter.

En quoi donc conſiſtent, pour votre, âge lesdangers ſi redoutables de la diſſipation ? en ce qu'elle vous empêche de ſentir aſſez tout le prix du bien que vous devriez faire, & de voir aſſez toutes les conſéquences du mal que vous faites.

Ce qui met un prix eſſentiel au bien que l'éducation conſeille, c'eſt l'influence néceſſaire des premières actions ſur tout le cours de la vie.

Ainsi, vous dire, mes chers enfans, prenez de bonne heure l'habitude du travail, accoutumez-vous dès vos premières années à la pratique de la vertu, c'est vous apprendre le moyen sûr de remplir votre carrière d'actions utiles & glorieuses, c'est vous introduire dans la voie du vrai bonheur. Cette manière d'instruire a quelque chose de bien persuasif, & on seroit tenté de croire que de pareilles leçons portent avec elles un charme toujours impérieux. Cependant il n'est pas rare pour le malheur de la société, de voir des jeunes gens méconnoître toute la sagesse de ces conseils précieux, & résister même avec opiniâtreté à tous les efforts de la plus tendre amitié & du zèle le plus généreux.

Voilà sans doute un désordre bien funeste; il ne faut s'en prendre qu'à la diſſipation. Oui, mes chers enfans, c'eſt l'écueil fatal contre lequel viennent échouer tous les jours les efforts de notre zèle. Enlevés ſans ceſſe à vous-mêmes par une foule de vaines penſées, & travaillés par le continuel délire d'une imagination fougueuſe, vous ne pouvez donner qu'une foible attention, diſons mieux, aucune attention à l'importance de nos leçons; & de cet égarement général qui change à l'infini vos goûts, vos volontés, vos ſentimens; qui ſemble livrer à une guerre inteſtine toutes les facultés de votre eſprit, toutes les affections de votre ame, qu'arrive-t-il? Une choſe bien malheureuſe pour vous & pour nous, que vous ignorez toujours le prix qu'il faudroit mettre à votre éducation, que vous êtes toujours incapables de connoître, d'approfondir combien ils ſont reſpectables, les motifs qui portent vos parens à vous donner une éducation chrétienne; combien demanderoient de votre part, de ſenſibilité, de reconnoiſſance, tant de moyens & de précautions prodigués à votre enfance & dont ils ont ſi heureuſement environné votre foibleſſe; en un mot combien ſeroit faite pour intéreſſer tous vos ſentimens, cette fin infiniment précieuſe qu'ils attendent de votre éducation, la ſatisfaction ſi pure de vous voir ſervir l'humanité & trouver votre bonheur dans le bonheur de vos ſemblables.

Ce premier malheur cauſé par votre diſſipation, quelle longue ſuite de maux n'entraînera-t-il pas? Je vois la culture de votre eſprit & de votre cœur, c'eſt-à-dire, l'objet important de votre éducation, manqué.

A quoi ſe réduit, en effet, le travail pour un jeune homme diſſipé? A paroître occupé, plutôt qu'à s'occuper réellement. La règle, il eſt vrai, met fin à ſa bruyante activité, l'ordre le rappelle, malgré lui, au devoir; la diſcipline l'environne des liens de la contrainte... C'eſt un eſclave que vous enchaînez, & non pas un ſujet que vous rendez à l'émulation. La volonté eſt l'ame du travail, & c'eſt l'amour du travail qui aſſure le ſuccès. Il faut que l'eſprit conſente à ſe recueillir, à ſe replier ſur lui-même; il faut même qu'il trouve du plaiſir à réfléchir, autrement il s'endort, en quelque ſorte, au milieu des difficultés, & n'enfante plus ces idées neuves, qui ſont tout à la fois la preuve du talent & la gloire d'une application ſoutenue.

Comment donc un jeune homme diſſipé

dissipé pourroit-il tirer quelque fruit de son travail? C'est toujours malgré lui qu'il s'occupe, sa pensée vagabonde effleure mille objets à la fois, son imagination troublée par la confusion de ses idées, ne lui rappelle que des erreurs. Le désordre de son esprit se communique nécessairement à ses productions, si l'on peut appeller ainsi les misérables efforts que la crainte ou la nécessité lui arrache.

N'est-ce pas ici, mes chers enfans, une peinture trop fidelle; & à combien parmi vous ne pourrois-je pas dire: donnez-vous à votre travail un motif plus beau? Tout ce que vous faites ne porte-t-il pas l'empreinte de la frivolité, de la précipitation? N'est-ce pas toujours le fruit du dégoût, de l'indifference? Avec de la réflexion, ne rendriez-vous pas vos études utiles? Avec beaucoup de réflexion, ne prépareriez-vous pas des ressources publiques par vos études ? Vous accusez la Providence de vous avoir donné peu de talens, accusez plutôt votre dissipation qui vous empêche de faire valoir ceux que vous avez ; accusez votre dissipation qui vous rend insensible à l'honneur, qui ferme vos yeux sur les charmes de la gloire ; maîtres de votre pensée & rendus à vous-mêmes, combien de motifs sublimes ne verriez-vous pas venir comme à l'envi échauffer votre ambition, enflammer votre courage ? Quel touchant tableau ne composeroient pas pour votre belle ame les pleurs du malheureux, la misère de l'orphelin ? Par combien de travaux ne voudriez-vous pas acheter le mérite de démasquer l'oppresseur, de confondre l'homme inique ? Outre le doux espoir de servir votre Patrie, chaque effort ne seroit-il pas comme une nouvelle pierre fondamentale posée à l'edifice de votre réputation ?... Et voilà ce que vous empêche de voir & d'entendre votre malheureuse dissipation.

Plutôt que de réfléchir un instant sur les dangers de votre sort, accuserez-vous notre zèle ? Mais a-t-elle quelque chose d'enchanteur, cette vertu des grandes ames, l'émulation, que nous n'ayons exposé à vos regards & dont nous n'ayons frappé vos oreilles ? Mille fois par tous les moyens que peut suggérer la tendresse, n'avons-nous pas essayé de fixer votre légereté, de vous réconcilier avec vous-mêmes ? Effrayés des malheurs que ne cesse de semer sur vos pas votre fatale dissipation, que ne faisons-nous point chaque jour pour vous forcer à réfléchir, à calculer votre conduite ? Ah! reconnoissez-le, mes chers enfans, le vice qui lutte si puissamment contre notre zèle, qui s'oppose si efficacement à vos progrès dans les lettres, c'est votre dissipation, c'est votre excessive dissipation; elle n'est pas moins contraire à la perfection de vos cœurs.

2. Avec ce fonds heureux & ce penchant inné pour la vertu, quel bien faites-vous, si on compare votre conduite avec ce qu'elle devroit être ? Jamais vos maîtres trouvent-ils de votre part le secours d'un bon exemple donné à propos ? Jamais ceux que vous fréquentez, vous entendent-ils approuver leur soumission applaudir à leur piété ? que ne pourroit pas pour le bon ordre, un avis sage offert par l'amitié, souvent même une parole, pour arrêter l'humeur insultante, pour encourager

la vertu timide? cependant vous êtes naturellement bons, quel malheur donc que la diſſipation vous empêche de tirer parti d'un fonds ſi riche!

Mais ce germe de bonté naturelle heureuſement développé par la religion & arroſé, pour ainſi parler, des eaux ſalutaires d'une piété ſolide, quelle abondante moiſſon d'œuvres ſaintes & utiles ne prépareroit-il pas pour tout le reſte de la vie! C'eſt ici que ſe montrent d'une manière plus affligeante les dangereuſes ſuites de la diſſipation. La religion demande qu'on rentre dans ſoi-même, *regnum Dei intrà vos eſt*; Luc 17. 11. & la diſſipation entraîne loin de ſoi-même; l'eſprit de Dieu ne ſe communique point dans le trouble, *non in commotione Dominus*; 3 Reg. 19. 11; & la diſſipation eſt ennemie de tout recueillement. De-là toutes ces œuvres vagues & profanes qu'on honore du nom de piété, & que Dieu lui-même ignoreroit, si, comme esprit infini, il ne savoit pas tout. On croit en lui, mais on ne sait pas l'adorer; on l'adore, mais on ne sait pas l'aimer; on l'aime, mais on ne sait pas l'aimer en Dieu. Avec les plus beaux sentimens en apparence, on n'est cependant que tiede. Jamais la reconnoissance ne se signale par des efforts, jamais le cœur ne se pique de brûler d'un feu tout divin.

Cependant, parce que la dissipation ne laisse jamais voir les choses ce qu'elles sont, avec quelques actes vuides de foi comme de charité, on se croit riche en mérites devant Dieu, *dives & locupletatus*, Apoc. 3, 17, & l'on ignore sa misère & toute l'étendue de sa pauvreté, *& nescis quia tu es miser & miserabilis*

& pauper. Ibid. Fausse conscience, illusion bien funeste, mes chers enfans, qui ne vous permettant pas de vous voir tels que vous êtes, mais seulement, si j'ose m'exprimer ainsi, comme de profil, & jamais dans l'ensemble de votre être, vous rassure contre vous-mêmes, & ne vous laisse à la fin ni la crainte de n'être pas assez agréables à Dieu, ni le desir de le devenir.

Je le sais, nous pouvons, nous devons même vous rappeller tellement à la religion, vous préparer tellement aux fêtes de la religion, qu'il en résulte pour vous l'heureuse nécessité de vous occuper de Dieu, de vous unir à Jesus-Christ. Le zele peut-il ne pas éclater dans ces momens? ah! vous l'encouragez vous-même par votre silence plein d'attendrissement & de consolation. Nous vous peignons les dangers de la dissipation, & vous les pleurez ; nous vous exhortons à réfléchir, & vous le promettez. Promesses sacrées, larmes de componction, tout semble devenir garant de votre sincérité. Qui ne croiroit avoir réussi ? . . . & après un moment, votre dissipation recommence encore, & vous trompez encore notre attente.

Inconstance, variation vraiment désespérante pour le zèle. Ce n'est pas une leçon donnée au hasard & reçue de même, c'est une suite de leçons que vous rendez inutiles. Vous ne vous échappez pas, vous vous arrachez à notre zèle, vous vous jouez de notre tendresse.

Or, concevez, je vous prie, mes chers enfans, quels dangers infinis vous menacent. Parce que vous n'y faites pas attention, vos bonnes habitudes qui devroient s'accroître, avec vous & jetter de jour en jour de plus profondes racines, s'affoibliſſent inſenſiblement, & vous laiſſent à peine le courage néceſſaire pour ne pas abandonner Dieu : parce que vous n'y faites pas attention, tous les défauts, avant-coureurs du vice, ſe montrent dans votre conduite, & ne préſagent que trop vos chûtes prochaines & le triomphe de vos paſſions : parce que vous n'y faites pas attention, votre éducation chrétienne qui devroit perfectionner votre être & vous rendre agréables à Dieu & aux hommes, ne ſervira, par l'abus que vous en faites, qu'à vous éloigner de Dieu, à vous faire mépriſer du monde même, qui dans le peu de bien que vous ferez, ne verra qu'une combinaiſon hypocrite, & non un amour ſincère de la vertu. Diſons tout, parce que votre dissipation ne vous aura pas permis de sentir assez, d'étudier assez l'importance de s'accoutumer de bonne heure à la pratique du bien, de s'affermir, de se fixer de bonne heure dans l'amour du bien, vous n'aurez pour vous défendre dans le monde, ni l'ascendant de la vertu, ni le long usage de nos augustes mystères, ni le bouclier de la foi, ni l'épée de la parole sainte, c'est-à-dire, rien de cette armure spirituelle qui seule peut rendre une ame invulnérable à tous les traits du tentateur, respectable même aux ennemis de la vertu. Pour n'avoir pas fait tout le bien que vous deviez faire, vous perdrez jusqu'au souvenir du bien que vous aurez fait. Votre piété foible & momentanée ne pourra soutenir de longues épreuves, & votre vertu, trop peu exercée dans l'art de vaincre, succombera bientôt, victime de la ſéduction générale.

C'eſt ainſi, mes chers enfans, que votre diſſipation vous prépare le ſort le plus fâcheux, & parce qu'elle vous empêche de ſentir aſſez tout le prix du bien que vous devriez faire, & ce qui demande une nouvelle attention de votre part, parce qu'elle vous empêche de voir aſſez toutes les conſéquences du mal que vous faites.

Telle eſt la marche naturelle du 3
cœur humain : il faut ou s'attacher au bien, ou finir par ſe livrer au mal ; les jeunes gens ſont plus ſoumis à cette fâcheuſe alternative. La diſſipation les rend mauvais avec la même facilité qu'elle les avoit empêché d'être bons ; & ce qui caractériſe ſa méchanceté, c'eſt qu'elle porte ſes coups preſque toujours ſans qu'on puiſſe les appercevoir. Ainſi les fautes de l'enfance, parce

qu'elles ne paroiſſent rien, ſe changent en vices ; & les écarts de la jeuneſſe, parce qu'ils ne paroiſſent pas grand'choſe, deviennent une ſource de crimes.

Combien le devoir de la prévoyante éducation eſt important, & en même temps difficile ! ſi elle ne réuſſit pas à perſuader que, dans l'ordre moral comme dans l'ordre phyſique, toutes les époques ſe tiennent, qu'on ne recueille dans un tems que ce qu'on a ſemé dans un autre, & qu'une ſemence mauvaiſe ne peut donner que de mauvais fruits ; en un mot, ſi elle ne peut arrêter le mal préſent par la crainte d'un mal plus grand pour l'avenir, alors elle ſe voit réduite à des vœux impuiſſans ; & voilà ce qui arrive par rapport à quelques-uns de vous, mes chers enfans. Dans votre éloignement coupable pour toute occupation ſérieuse, dans votre criminel mépris pour toute occupation sage & utile, nous voyons, non pas seulement une présomption qui vous portera à tout entreprendre sans vous permettre de rien examiner, non pas seulement une ignorance qui vous fera confondre tous les droits, & ne rendra justice à personne, non pas seulement une opiniâtreté d'autant plus révoltante, que votre incapacité sera plus notoire, d'autant plus funeste à la société, que vous sacrifierez plutôt mille fois la raison, que de consentir à reconnoître que vous avez tort, nous n'y voyons pas seulement tous ces vices qui peuvent vous rendre un sujet vraiment nuisible, peut-être même un fléau pour vos semblables, mais encore un goût décidé pour tout ce qui conseille la licence, pour tout ce qui favorise l'impunité.

Nous voyons toute votre curiosité se porter sur des objets dangereux, accueillir avec transport les opinions les plus extravagantes, les systêmes les plus absurdes, toutes les folies philosophiques qui précipitent tant de malheureux jeunes gens dans l'irréligion & l'impiété ; nous vous le disons, nous vous le répétons, nous tremblons pour vous, & vous ne craignez pas.

Tandis que votre esprit s'égare & se déprave, toujours dupe d'une imagination qui ne connoît plus de frein, il faut bien que votre cœur toujours sans défense soit ouvert à toutes les passions. Je voudrois n'avoir à vous reprocher que la fierté de votre orgueil, que les lâchetés de votre respect humain, que votre ingratitude envers vos maîtres, que votre insensibilité à la tendresse paternelle, ce seroient déjà de grands crimes aux yeux de la religion... Mais n'eſt-il pas une paſſion plus redoutable que toutes les autres, qui remplace ſi ordinairement l'amour du devoir & le zèle du bien? N'eſt-ce pas à votre âge qu'elle porte ſes premiers coups, & favoriſée de la diſſipation, manque-t-elle jamais de réuſſir?.... C'en eſt fait, pères & mères, fermez vos cœurs à l'eſpérance, la diſſipation éterniſera le malheur de vos enfans & le vôtre.

Et comment en ſeroit-il autrement? donnez-nous un jeune homme que la foibleſſe ou l'inexpérience ait éloigné de lui-même & livré à la contagion, il gémira avec nous ſur ſon malheur; au milieu de notre attendriſſement commun, ſes larmes toucheront le Dieu de la ſageſſe, il ſera rendu à la vertu. Donnez-nous même un de ces efclaves plongés & retenus dans le crime par une malice réfléchie, nous nous ſervirons de ſes réflexions contre lui-même; il frémira à l'aſpect des maux qui le menacent, il s'arrêtera ſur les bords de l'abîme; mais s'agit-il d'un jeune homme diſſipé, le zèle le plus ardent ne peut rien contre la grande diſſipation. Faites-lui la peinture la plus déſolante pour une ame honnête; c'eſt un inſenſé que vous forcez à ſe regarder dans le miroir de ſa vie, il ſe voit & n'y penſe plus. Empruntez des prophètes, ces traits qui portent la terreur juſqu'au plus profond de l'ame; ſemblable au peuple hébreu dans les jours de ſon aveuglement, il a des yeux & ne voit point, il a des oreilles & n'entend point. Tout ce qui corrige les autres devient inutile pour celui-ci. L'expérience; il frémiroit de revenir ſur le paſſé.

L'avenir,

L'avenir, il faudroit s'arrêter pour voir ſi loin. Le préſent, l'inſtant à peine peut le fixer; l'amitié même, ce moyen ſacré, l'amitié échoueroit contre la mobilité de ſon cœur.

Faut-il s'étonner d'après cela, ſi les paſſions prennent tant d'empire ſur lui, ſi chaque jour elles forment de nouvelles chaînes à ſon inſu, ſi à force de le tromper, de l'aveugler, elles le rendent incapable d'appercevoir l'abîme qu'il creuſe ſous ſes pas? que ſera-ce, lorſque traduit dans un monde où tout eſt frivolité, preſtige éblouiſſant, illuſion trompeuſe, il ne verra, il n'entendra que des choſes deſtinées & préparées même pour éveiller, pour exciter, pour éterniſer ſa diſſipation & porter ſon égarement à ſon comble? N'eſt-ce pas dans de ſemblables circonſtances qu'on voit de jeunes inſenſés braver toute décence &

fouler aux pieds toute vertu, se disputer à l'envi à qui se signalera par le plus de dissolution, & oser même dans leur folie, comme s'ils craignoient de ne paroître pas assez coupables, se vanter de crimes qu'ils n'ont pas commis?

O vous qui, dans les penchans d'un jeune élève, démêlez les goûts frivoles qui enfantent la dissipation, pensez que vous avez à lutter contre le plus terrible ennemi de l'éducation! isolez cet enfant, familiarisez-le avec les choses sérieuses, arrachez de ses mains les rians tableaux, les brillantes fictions; que tout ce qui vous environne se réunisse pour lui crier qu'il faut calculer ses actions, qu'il faut voir la fin en tout, qu'un être frivole est un être méprisable, & peut devenir un être dangereux. Qu'il n'entende sortir de votre bouche que les paroles de l'austère ſageſſe, des vérités graves, des maximes impoſantes. S'il réſiſte à vos efforts, condamnez-le au ſilence, conduiſez-le ſur le tombeau de ſes pères ; là, abandonnez-le avec lui-même. L'homme vain improuvera votre zèle, mais l'ami de la vertu vous ſaura gré de vouloir former un ſage. Si, au contraire, vous aviez le malheur (je ne dis pas de favoriſer, par votre exemple, ſon goût pour la frivolité, ce ſeroit un trop grand crime), mais de fermer quelquefois les yeux ſur les premiers égaremens de ſon eſprit, ſi vous pouviez oublier aſſez tout ce qu'exigent de votre miniſtère la religion & la patrie, pour négliger, même un inſtant, de rappeller votre élève à la raiſon, de le contenir ſous l'empire de la religion, en un mot, ſi par votre faute ſa diſſipation ſe formoit, s'accroiſſoit, devenoit redoutable par ſes progrès ; quelque bien que vous prétendiez avoir fait d'ailleurs, vos peines ſont perdues, une telle éducation ne produira que des vices.

Elle étoit conſacrée par la religion payenne, cette maxime célèbre : connois-toi, toi-même : *noſce te ipſum*. On la croyoit même l'oracle d'un Dieu, tant elle avoit frappé par ſa ſageſſe. On étoit ſans doute perſuadé qu'il n'y avoit point de maux que n'entrainât l'ignorance de ſoi ; mais long-temps avant, le prophète avoit trouvé la cauſe de tous les malheurs de l'univers dans la diſſipation générale : *quià nullus eſt qui recogitet corde.* Jérem. 12. 11. Quelle leçon pour tous ceux qui oſent ſe charger des fonctions ſi pénibles de l'éducation ! Peuvent-ils jamais aſſez méditer les devoirs expoſés par l'apôtre à ſon diſciple

Timothée? peuvent-ils jamais aſſez ſe précautionner contre un égarement qui ſemble former l'état actuel des mœurs publiques & être devenu la paſſion dominante de la nation? Et plus cette épidémie morale infecte toutes les claſſes de citoyens, plus ſans doute nous devons défendre la jeuneſſe contre ſes atteintes. Hélas! elle eſt ſi facile à ſéduire, & la diſſipation ſe préſente avec tant de charmes! Il eſt bien digne de notre piété d'aller au ſecours de ſon inexpérience. A côté du plaiſir que la diſſipation lui offre, découvrons le piége qu'elle tend; dans la liberté menſongère qu'elle donne, montrons une licence effrénée qu'elle conſeille; enfin dans les jouiſſances ſi flatteuſes qu'elle promet, forçons de reconnoître une ſource de malheurs réels qu'elle prépare.

N'eſt-il donc pas poſſible que les

jeunes gens ſe corrigent de leur diſſipation, qu'effrayés des dangers qui les menacent, ils rentrent en eux-mêmes & abjurent leurs premiers égaremens? Nous répondons que de pareils changemens ne ſont pas communs; que de toutes les mauvaiſes habitudes, la diſſipation eſt celle qu'on quitte le plus difficilement. Que faut-il de plus pour réveiller toutes nos craintes, pour exciter toutes nos ſollicitudes? Nous répondons qu'une fois portée à ſon comble, elle ne ſe quitte preſque jamais; n'eſt-ce pas de quoi nous frapper de terreur? & ici nous avons pour nous toute la force de l'exemple, tout le poids de l'expérience. Hélas! combien en avons-nous vus ne vérifier que trop dans le monde ce que nous leur avions prédit avec larmes au collége!

Mes chers enfans, quand il n'y

en auroit parmi vous qu'un ſeul à qui ce diſcours pût s'adreſſer ; ce ſujet mériteroit encore d'occuper notre zèle. Nous avons dû chercher à prévenir le malheur d'une famille ; mais n'en eſt-il pas pluſieurs peut-être, dont la grande légereté ne nous donne que trop lieu de craindre ? Aucune malice n'a part à vos fautes, vous n'êtes point mauvais, je le veux ; mais ne le devient-on pas, en devenant diſſipé ? Vous voyez qu'il n'y a point de bonneshabitudes que la diſſipation ne puiſſe corrompre, ni de belles ames qu'elle ne puiſſe infecter. Vous voyez comme elle eſt ennemie du bien, comme elle favoriſe le mal. Ah ! craignez de devenir ſes victimes : rentrez en vous-même, *revertere ad cor tuum* : rentrez dans votre cœur, *redi, redi ad cor.* Ce ſont les paroles que ne ceſſoit de répéter

Saint Bernard, déplorant la dissipation de son siècle. Goûtez-les, mes chers enfans, faites-en la matière de vos réflexions; & devenez sages aux dépens de ceux qui vous ont précédés.

O sagesse, sagesse de Dieu, répands sur l'éducation de ces enfans, les dons merveilleux de ton esprit! que toujours en ta présence, toujours dignes de ta tendresse, ils marchent avec circonspection dans les voies de la vertu & demeurent inviolablement attachés au devoir. Pour conserver l'œuvre de ta grace, exauce, ô esprit de paix & de concorde, exauce le vœu du meilleur des rois, du plus tendre des pères, concilie tous les cœurs comme tous les intérêts, sauve la France par une sainte régénération, & que ces enfans, en sortant du collége, trouvent, non plus un monde dissipé

& corrupteur, mais un monde estimable & honnête, qui sache encourager leur sagesse & respecter leur vertu !

DISCOURS

Sur les avantages de la Discipline.

ARGUMENT.

L'ESPRIT d'ordre, qui fait l'homme ce qu'il doit être & comme il doit être, est celle de toutes les qualités morales qui nous rend le plus estimables. L'amour de l'ordre est donc le plus beau don que l'éducation puisse faire à la jeunesse, & le plus grand service qu'elle puisse rendre à la société.

Nous n'avons cessé de l'inspirer à nos élèves, en leur faisant voir que le même ordre éternel qui prescrit des devoirs à l'homme envers Dieu, lui en prescrit aussi envers lui-même & envers ses semblables; & que c'est l'exactitude à bien remplir tous ces devoirs réunis, qui constitue le vrai mérite, qui diſtingue devant Dieu comme devant les hommes. Notre vœu, comme la gloire de l'éducation publique, ſeroit qu'ils ſe montraſſent dans le monde toujours eſclaves du devoir par amour de l'ordre.

Tene diſciplinam, nec dimittas eam, ipſa eſt vita tua. Prov. 4. 13.

Reſpectez la diſcipline, ne vous en écartez point, elle fera le bonheur de votre vie.

DIEU, en créant l'homme, le remplit, dit l'écriture, de cet eſprit de diſcipline qui n'eſt autre choſe que l'amour de l'ordre. Il en fit tellement dépendre ſon ſort, qu'il ne pût s'en écarter qu'aux dépens de ſon bonheur; mais ſi tout eſt ſoumis à l'empire de l'ordre, ſi l'homme n'eſt eſtimable & ne peut être heureux qu'autant qu'il en fait la règle invariable de ſa conduite, l'éducation aura donc essentiellement pour base d'inspirer aux jeunes gens l'amour de l'ordre par le moyen de la discipline; & dès-lors leur apprendre à faire tout bien & à propos, voilà l'éducation en général ; leur faire sentir que ce bien doit être fait par des motifs sublimes & de manière que par la sagesse de leur vie, ils deviennent les images vivantes de Dieu qui est l'ordre éternel, voilà l'éducation chrétienne.

Dans cette influence de la discipline, dans cette importance de la règle, dans cette nécessité de l'ordre, mes chers enfans, jusqu'ici vous n'avez peut-être vu qu'une contrainte pénible, un joug insupportable ; devenez justes, & vous allez y découvrir la source de votre bonheur pour le présent & pour l'avenir.

Le crime, a dit un ancien, n'est

qu'un défaut de calcul. Cette idée, quoiqu'insuffisante, a quelque chose de respectable, même dans les principes de la religion. Il faut donc accoutumer la jeunesse à calculer ses actions : ceci suppose qu'on fixe sa légèreté, qu'on mette un frein à sa dissipation, qu'on prévienne les fâcheux effets de son imprudence : c'est la tâche de la discipline ; & voilà le service inestimable qu'elle vous rend chaque jour, mes chers enfans, par l'ordre qu'elle établit dans vos occupations. Un devoir rempli, vous rappelle un devoir à remplir, vous ne quittez un exercice que pour en prendre un autre. Par l'habitude qu'elle vous fait contracter dans vos occupations ; la succession des exercices vous tient en haleine, la variété des exercices vous défend contre l'ennui : ainsi l'habitude devient pour vous une ſeconde nature : enfin par ſon attention à diriger juſqu'à vos plaiſirs. Trop d'application épuiſeroit de jeunes eſprits, trop d'amuſemens, ce ſeroit diſſipation. Votre loiſir a ſon tems marqué & ſes bornes preſcrites.

Trop ſouvent la vertu naiſſante ſuccombe victime de l'exemple. Eſt-on protégé par la diſcipline ? entretiens, amuſemens, tout ce qu'il faut dire, tout ce qu'il faut entendre, tout eſt ſuggéré, tout eſt commandé. Conſeils dangereux, occaſions pernicieuſes, rien n'échappe à l'œil attentif de la diſcipline. Chaque pas que vous faites eſt tracé par la règle, chaque mouvement de votre ame eſt épié en quelque ſorte, & heureuſement dirigé. Ici la foibleſſe trouve un appui, l'inexpérience un conſeil, l'innocence un aſyle.

Eſt-on tenté de ſe ſouſtraire à ſon joug ? ce n'eſt plus une mère tendre qui careſſe un enfant dont elle admire la ſageſſe ; c'eſt une mère non moins digne de ce nom, qui châtie un ingrat qu'elle voit courir à ſa perte. Elle reſſerre les liens de la contrainte, elle ajoûte de nouvelles chaînes aux premières chaînes ; & à force de menaces & de châtimens, elle rend au devoir & à lui-même celui qui, ſans elle, auroit péri.

Je ne dis rien qui puiſſe favoriſer vos opinions injuſtes, jeunes inſenſés, qui oſez calomnier la diſcipline. Non ce n'eſt point la connoître que de l'appeller un joug fait pour accabler. Le chef-d'œuvre de la ſageſſe ne ſauroit être un préſent funeſte. Elle ne rend malheureux en apparence, que pour prévenir des maux réels. Si elle ſemble tout ôter à la liberté, c'eſt pour ne rien laiſſer à la licence. Ses chaînes, aux yeux du ſage, ſe changent en guirlandes; & dans la contrainte qu'elle impoſe, il ne voit qu'une attention aimable qui mérite toute ſa reconnoiſſance.

Combien parmi vous, mes chers enfans, ſe ſeroient honteuſement démentis, s'ils n'avoient pas trouvé dans la diſcipline un frein ſalutaire! Jeunes ames, que le ciel ſemble avoir formées pour le bonheur de vos ſemblables, cette énergie de caractère qui vous rend ſupérieurs à votre âge, ce généreux mépris des plaiſirs qui vous rend eſclaves du devoir, cette ſainte horreur pour tout ce qui porte l'empreinte du relâchement & de la licence, que ſais-je? ce qui conſerve votre innocence, ce qui fait votre bonheur & notre conſolation, un certain dégoût devenu naturel pour tout

ce

ce qui peut troubler l'ordre, un éloignement pour le mal devenu nécessaire & fortifié en vous par l'habitude du bien, n'est-ce pas là le chef-d'œuvre de la règle & le miracle de la discipline ?

Je veux bien croire que vous êtes entrés dans cette maison avec d'heureux penchans; mais vous y avez aussi nécessairement apporté ce fonds de concupiscence commun à tous les hommes & si redoutable à votre âge. Dans la maison paternelle, vous étiez seuls; & il est facile alors d'être soi. Ici, il a fallu se trouver avec plusieurs, courir les risques de la communication. Je le dis hardiment, parce qu'il faut ou se résoudre à rester seul toute sa vie, ou apprendre de bonne heure à vivre avec les autres. Je dis de bonne heure, parce qu'il n'appartient qu'à l'éducation, j'entends l'éducation publique, de diminuer ces riſques abſolument néceſſaires, de faire de ce grand inconvénient un heureux préſervatif, en un mot de changer ce mal en bien. Le monde vend trop cher ſes leçons ! Combien de fois des enfans chéris, en ſortant du ſein de leur famille, ſont allés périr victimes d'une miſérable contradiction qu'un peu de connoiſſance de leurs ſemblables auroit fait éviter ! Incomparable avantage de l'éducation publique ! elle fait donner des charmes à l'égalité & en tirer des ſemences précieuſes de bonheur commun. A un mauvais exemple, la diſcipline oppoſe une foule de bons exemples. Elle corrige la dureté des uns par la douceur des autres, la lâcheté de ceux-ci par l'énergie de ceux-là. Sa juriſprudence ne connoît ni la honte qui flétrit l'ame, ni l'honneur qui verſe le ſang ; ſes combats ordonnés par l'émulation, tournent également au profit des vaincus & des vainqueurs. Par la ſageſſe de ſes jugemens, elle leur apprend à ſe juger eux-mêmes ; & par l'exemple de ſa tendreſſe, elle les accoutume à s'unir pour toujours d'un amour mutuel.

Heureux donc, mille fois heureux ceux qui voient couler leurs premières années ſous l'empire de la diſcipline ! Sans pour ainſi dire qu'il leur en coûte, ils recueillent tous les fruits de l'expérience la plus conſommée. Dans le tableau de leur vie qu'elle ne ceſſe de leur préſenter, ils voient s'élever les orages des paſſions, & ils forment leur ame au combat. Chaque époque différente leur montre de nouveaux ennemis, chaque fois la diſcipline leur crie qu'il faut toujours combattre & toujours triompher. Si leur courage paroît quelquefois s'effrayer, elle leur vante les ressources de la vertu qu'elle a toujours à sa suite; elle emprunte de la religion tout ce qu'elle a de plus important, ses grandes récompenses, ses derniers châtimens. Enfin, à force d'essayer leurs jeunes ames à la pratique du bien, à force de les enchaîner par l'amour de l'ordre, elle leur rend le mal en quelque sorte impossible, & établit ainsi sur une base solide le bonheur de toute leur vie.

On m'objectera peut-être leur entrée dans le monde. Oui, sans doute, il faut qu'il arrive ce moment où ils vont être aux prises avec les grandes passions; mais ne les y a-t-on pas mille fois préparés? N'est-ce pas sur-tout pour ce moment qu'on a veillé, qu'on a prié, qu'on a exhorté? Pour la gloire de l'éducation, il faut qu'il arrive ce moment... Que trouveront-ils dans le monde que n'ait prévu pour eux la sagesse de la discipline? Je vous entends, il est sur-tout une passion qui dévore nos espérances. Fatale, trop fatale volupté, qui pourra jamais déplorer assez tes ravages! tu ne respectes ni les cœurs bons, ni les belles ames!... Mais que dis-je? ne savent-ils pas que le crime ne va jamais sans le remords; que quand la force humaine ne suffit plus, il faut recourir à la religion qui est toute-puissante? Les verra-t-on victimes d'une ridicule vanité, oublier la patrie & eux-mêmes pour venger leur honneur qu'ils n'auront point perdu? Mais n'ont-ils pas mille fois condamné eux-mêmes cette manie infernale qui, pour un mot piquant, immoloit un étourdi. Éblouis par l'éclat trompeur d'une perfide fortune, iront-ils vendre à prix d'argent leurs talens & leurs vertus, ou vils esclaves d'une honteuse paresse, enfouiront-ils lâchement ce que le ciel destinoit pour le bonheur public ?... Quoi ! on n'auroit tant médité les moyens d'une belle vie, que pour tomber plus honteusement dans la fange du crime ? Le long apprentissage des vertus serviroit à rendre plus éclatant le triomphe du vice ! Non, ils porteront dans le monde une ame ferme, un cœur incorruptible, parce qu'ils y porteront l'amour de l'ordre & l'habitude du devoir. Dans les camps, défenseurs intrépides ; au barreau, intègres magistrats ; dans la vie publique ou privée, généreux citoyens ; toujours hommes de bien, l'honneur de la vertu !

Telle est, mes chers enfans, l'agréable idée que nous aimons à nous former de votre éducation. C'eſt en compoſant ainſi votre heureux avenir, que nous flattons nos peines, que notre courage s'enflamme. Voudriez-vous tromper notre amour & tout notre zèle? Près de nous ſeulement vous ſeriez vertueux! Ce ne ſeroit donc pas la vertu elle-même que vous auriez reſpectée. S'il vous faut un appui, n'aurez-vous pas par-tout avec vous un grand témoin, votre conſcience! un juge ſuprême, Dieu! j'augure mieux de vos ſentimens. Un ſaint orgueil vous rappellera dans le monde ce que nous n'aurons ceſſé de vous rappeller au collége; & plus d'expérience & de raiſon ne ſerviront qu'à donner plus de mérite à vos œuvres & plus de poids à vos vertus.

Il faut l'avouer, les objets ſont quelquefois plus ſéduiſans, quand on les voit de près ; & il eſt des piéges que la prudence ne peut pas prévoir ; mais comptera-t-on pour rien la force des premiers penchans, l'aſcendant d'une longue habitude, la tyrannie du reſpect humain tant de fois mépriſé, tout ce que d'heureux eſſais ont cauſé de plaiſir, & pour tout dire en un mot, la connoiſſance & l'uſage de nos auguſtes myſtères ? Que pourra craindre celui qui aura long-temps appris à ne craindre que Dieu ? Son corps ſeroit au pouvoir des ennemis, que ſon ame habiteroit dans les cieux. Ah ! plaignons la condition humaine, ſi, avec tant de ſecours, il faut encore qu'on ſoit vicieux. Croyons-en, pour notre propre ſatisfaction, aux paroles de la ſageſſe. On conſerve toujours la trace de ſes premières voies : *Adoleſcens juxtà viam ſuam, etiam cùm ſenuerit, non recedet ab eâ.* Prov. 22. 6. Il eſt dit encore que Dieu récompenſera par des fruits de paix & de juſtice, le pénible exercice de la diſcipline : *Fructum pacatiſſimum exercitatis per eam reddet juſtitiæ.* Héb. 12. 11.

Quelle confiance ne doivent pas vous inſpirer ces oracles ſacrés, mes chers enfans ! Et combien vous entendriez mal vos intérêts ſi, en ſortant de cette maiſon, vous alliez vous démentir ! Vous auriez porté tout le poids de la diſcipline, ſans en connoître les douceurs. Le temps du collége eſt un temps de contrainte, d'épreuve. Le bien même qu'on y fait, ſe ſent toujours d'une ſorte de gêne. De toutes parts on eſt dominé par la règle ! Dans le monde, au contraire, libres de vos actions, vos vertus ſeront tout à vous. Qu'il ſera beau de pouvoir, dès l'entrée de votre carrière dans le monde, marcher d'un pas ferme, malgré tous les obstacles, toujours sûrs de vous-mêmes & forts de votre vertu, braver tous les traits des passions & n'en être jamais atteints! Quel sublime spectacle vous donnerez à vos semblables, lorsque établis constamment, enracinés pour ainsi dire dans le bien, vous prouverez qu'on peut tout à-la-fois être jeune & sage, vivre, quand il le faut, au milieu des libertins, sans participer à leur libertinage, entendre les cris de l'incrédule, & conserver toute sa foi, observer les bienséances du monde & n'adorer que Dieu! Cette pensée n'a-t-elle pas déjà aggrandi vos ames, & ne vous croyez-vous pas au comble du bonheur, par l'idée seule que vous justifierez un jour tout ce que la discipline a fait pour vous, & tout ce qu'attendent de votre part la religion & la patrie!

Jugez-en, mes chers enfans, par ces jeunes gens auſſi aimables que ſages, que la providence de Dieu conſerve dans le monde comme une ſemence pure au milieu de la corruption générale. Lorſqu'il vous arrive d'en rencontrer quelques-uns, leur touchante modeſtie, cette naïve ſimplicité dans leur manière de s'énoncer, je ne ſais quoi de divin, ſi je l'oſe dire, dans l'enſemble de leur perſonne, tout cela n'attache-t-il pas agréablement vos cœurs? Ne les quittez-vous pas avec peine? Ne feriez-vous pas enchantés de vivre toujours avec eux? Le monde lui-même ne réſiſte pas toujours aux charmes de leur vertu; & ſouvent, après avoir employé contre eux l'arme du ridicule, il finit par leur accorder malgré lui, un tribut d'hommage. Je pourrois vous en citer parmi ceux qui vous ont précédés dans cette maiſon, dont le courage a bravé tout ce que le libertinage a de plus ſéduiſant, tout ce que l'impiété a de plus audacieux, je pourrois vous aſſurer que plus d'une fois le récit ſeul de leurs combats & de leurs victoires, nous a rempli l'ame d'attendriſſement & d'admiration.

L'éducation, me dira-t-on, n'opère pas ſouvent de tels prodiges; & comment en opéreroit-elle? Les uns n'ont rien de commun avec la diſcipline, ils ſont étrangers à tous ſes avantages: *Extrà diſciplinam eſtis.* Héb. 10. 8. Leur éducation concentrée dans la maiſon paternelle, eſt plutôt un apprentiſſage de ſolitude, qu'une école pour la ſociété; elle manque néceſſairement de toutes les reſſources, puiſqu'elle manque de l'exemple. Si, dans le nombre, il s'en trouve qui réuſſiſſent, ce ſont de ces phénomènes qui étonnent plus qu'ils ne raſſurent. Quand on doit être élevé pour le monde, il faut être élevé en public. D'autres, par des cauſes trop fatales que nous expliquerons dans un diſcours d'un autre genre, rejettent la diſcipline, & rébelles à la règle, portent des chaînes qu'ils déteſtent: *Diſciplinam non receperunt*. Jér. 2. 30. Que leur ſort eſt à plaindre ! La ſageſſe de leurs condiſciples, leur amour pour l'ordre, ces graces de la candeur qui attirent ; cette belle égalité de vie qui enchante, cette folâtre gaieté même qui rend leur récréation ſi piquante, & qui annonce ſi bien que leur eſprit eſt libre & que leur cœur eſt pur, ne ſont-ce pas autant de coups meurtriers qui vont déchirer leur ame & la remplir d'amertume? La crainte qui ne peut les corriger, ajoute encore à leur malheur. Par-tout la discipline a établi des sentinelles qui veillent sur eux; mais le plus affreux de leurs tourmens est l'ouvrage de leur propre cœur. A charge à eux-mêmes comme aux autres, ils se consument de desirs, & périssent mille fois de désespoir avant d'avoir pu atteindre la fin de leur malheureuse carrière.... Quelle époque que leur entrée dans le monde ! à peine sortis du collége & pour parler leur langage, débarrassés de leurs fers, on les voit sans frein comme sans pudeur, se livrer à la plus scandaleuse débauche, insulter à toute vertu, acheter des crimes par d'autres crimes, & bientôt, pour le bonheur de la société, semblables à ces perfides volcans, qui n'ont qu'une explosion passagère, disparoître dans l'opprobre, laissant à leurs parens, pour prix de leur négligence, des regrets éternels.... Vous frémiſſez, mes chers enfans, en ſongeant à une telle fin. Ah! puiſſe l'idée de tant de malheurs, vous faire ſentir de plus en plus ce que vous devez à la diſcipline, & combien il importe pour vous de mettre à profit tous ſes conſeils!

Sans doute de pareils ſujets ne donneront pas une idée bien avantageuſe de l'éducation publique; mais eſt-ce la faute de la diſcipline, ſi ceux qui doivent l'aider la trahiſſent? Que tout rentre ſous ſon empire, que tout ſoit ſoumis à ſes loix, que ceux qu'elle intéreſſe viennent à ſon ſecours; alors elle déploiera toute la force de ſes moyens; elle pourra tout dans les mains d'un homme capable d'apprécier toute l'importance de ſon miniſtère: c'eſt ainſi qu'un ſage régénéra une république fameuſe, en ſoumettant indiſtinctement la jeuneſſe à la ſévérité d'une commune diſcipline.

On s'occupe, dans ce moment, à trouver des loix ſages. Tous les bons eſprits ſont travaillés de l'amour public. Rien de plus louable, ſi ces loix toujours en vigueur, &, s'il eſt permis de le dire, continuellement en activité, ſervent à défendre, à encourager les mœurs publiques; à protéger, à faire reſpecter la religion. Des mœurs par la religion, voilà ce qu'il faut créer, voilà ce qui régénérera la nation; ce qui aſſurera du moins pour l'avenir une génération meilleure. C'eſt alors que les mauvaiſes éducations ſeront auſſi rares, qu'elles ſont aujourd'hui communes; parce que l'attention générale aura appuyé la diſcipline, tout ce qui ſortira de ſon ſein portera l'empreinte de la ſageſſe. Devenue maîtreſſe de l'opinion

nion publique, l'émulation qu'elle pourra alimenter, allumera par-tout le desir du savoir & la passion du bien. Ceux même qu'elle n'aura pu rendre tout-à-fait bons, auront du moins appris à rougir du vice & à respecter la vertu; & si, malgré tant de ressources, il s'en trouvoit d'assez malheureusement nés pour préférer le parti du crime, ce seroit des exemples rares dont se serviroit encore la discipline pour attacher plus fortement à son joug & frapper de terreur ceux qui seroient tentés de les imiter.

Qu'elle arrive donc cette révolution si attendue! On ne cesse de dire que la dépravation est à son comble, & on ne travaille pas, ou on travaille en vain à l'arrêter.... O toi que les derniers François chériront encore comme leur père, Roi bon & généreux, une si belle révolution devoit être le prix de tes grands exemples ! Continue, Ange tutélaire, à protéger la France; bientôt tu auras achevé le grand ouvrage de ſon bonheur; tu verras par tes ſoins, regner dans ton empire des loix ſages, des mœurs pures, une religion ſainte, tous tes peuples heureux, ton cœur enfin content; & pour comble de gloire l'univers t'admirer !

Mes chers enfans, que nous avons vus dernièrement ſi attendris au récit de la bonté de notre Roi, vous partagez, ſans doute avec nous, des transports ſi mérités ! Il eſt juſte que vous appreniez à âimer celui qui ne vit que pour notre bonheur. Rendez-vous dignes de voir ces temps heureux, attachez-vous irrévocablement à la diſcipline, aimez ſes conſeils, perſévérez dans ſes principes, étudiez-les, méditez-les, gravez-les en caractères ineffaçables dans vos ames, faites-en votre passion, vos délices, emportez ce trésor du collége, & ne craignez plus de paroître dans le monde. La sagesse, compagne inséparable de la discipline, la sagesse de Dieu se chargera elle-même de conduire vos pas; des jours pleins de bonheur formeront votre carrière, & feront tout à-la-fois l'éloge de vos maîtres & la gloire de vos parens.

DISCOURS

SUR LA DOUCEUR.

ARGUMENT.

LA douceur eſt, ſans contredit, l'une des principales vertus morales. Elle tient auſſi un rang diſtingué parmi les vertus de la religion. A ce double titre, elle doit fixer l'attention de tout inſtituteur éclairé. La douceur relève le mérite du talent, & fait le plus bel ornement d'une bonne éducation.

Mais trop ſouvent la douceur vient échouer contre la fougue du premier âge. L'emportement prend la place des ſentimens pacifiques, & la colère qui porte le trouble dans l'ame, empêche le développement des bonnes qualités.

C'eſt à l'éducation à la venger, cette vertu auſſi agréable qu'utile; c'eſt à elle à chercher dans la morale & dans la religion, des contrastes frappans; à présenter la douceur avec tous les charmes inexprimables qui en font le bonheur de la vie; à montrer la colère, entraînant après elle les suites les plus funestes, la fin la plus déplorable.

Enfin, elle doit regarder comme une de ses fonctions les plus importantes, de rendre les jeunes gens doux & honnêtes, en les familiarisant avec cette maxime sacrée. La plus belle des victoires est de se vaincre soi-même: Imperare sibi maximum imperium est.

Fili, in mansuetudine serva animam tuam. Eccl. 10. 31.

Mon fils, conservez votre ame dans la douceur.

PAR la douceur, il ne faut pas entendre, mes chers enfans, cette complaisance étudiée, l'effet de l'envie de plaire plutôt que du desir d'être bon; encore moins cette froide indifférence qui annonce un être inutile, incapable de prendre part au bonheur public : ce ſont là des défauts, ſouvent même des vices, & je parle d'une vertu.

Qu'eſt-ce donc que la douceur? C'eſt une diſpoſition à la paix, à l'harmonie, à la bonne intelligence, diſpoſition ſincère & véritable, parce qu'elle vient de la vertu & qu'elle eſt fondée ſur elle; une ſorte de délicateſſe, de généroſité même dans la manière de vivre avec ſes ſemblables & de s'en faire aimer, parce que la charité veut qu'on aime les autres comme ſoi-même; en un mot, un charme ineffable, un épanchement délicieux qu'une ame toujours égale à elle même ſait communiquer à tout ce qui l'environne : ainſi nommer un jeune homme doux, & doux par les principes de la religion, ce ſera annoncer tout à la fois un bon cœur, une belle ame, un jeune homme aimable ; & dans le ſens le plus ſtrict, & ſuivant toute l'étendue de cette expreſſion, un jeune homme que tout le monde recherche, qu'on eſt enchanté d'avoir trouvé, & avec lequel on voudroit toujours vivre, parce qu'il ne ſe dément jamais, & que ce qui eſt chez les autres le fruit de l'art, eſt pour lui l'effet de réflexions ſaintes & du deſir d'imiter le parfait modèle qu'il s'eſt propoſé.

La douceur ! quelle recommandation pour le mérite ! Ici pour la première fois, la jalouſie ſemble oublier ſon aiguillon, & l'envie prendre des couleurs moins livides. Elles ne voient plus comme auparavant. On diroit que la douceur leur eût mis un bandeau ſur les yeux. C'eſt à qui rendra juſtice à un jeune homme doux & honnête, à qui fera connoître ſes talens, à qui célébrera ſa vertu. Comme il n'annonce aucune prétention, on ne garde aucune réſerve avec lui, & tout tourne au profit de ſa modeſtie. Ajouter à ſa réputation, lui prodiguer ces louanges délicates qui doublent le mérite, parce qu'elles ſuppoſent des intentions généreuſes, c'eſt une gloire dont tout le monde eſt jaloux. Il ſemble qu'on partage ſes jouiſſances & qu'on ſoit heureux de ſon bonheur.

La douceur ! quel préjugé en faveur d'un jeune homme! elle prévient ſi agréablement, elle concilie tellement les ſuffrages, qu'avec peu de talens on paroît en avoir beaucoup ; & que lors même qu'on n'en a point du tout, on eſt encore ſuppoſé en avoir un peu. La douceur ſemble ſuppléer à tout, ou bien l'illuſion qu'elle procure eſt ſi agréable, qu'on ne peut penſer que celui qui a une ſi belle qualité n'en ait pas d'autres. Diſons-le, nous ſommes eſclaves de la douceur, elle forme en quelque ſorte nos jugemens & conduit nos volontés. Diſons mieux, elle nous prête ſes ſentimens & nous force à penſer comme elle.

La douceur ! elle déconcerte la médiſance, elle fait pâlir la calomnie; la colère ne peut tenir devant elle. A ces yeux étincelans, à ces grincemens de dents, à ces gonflemens de poitrine, à cette écume d'une bouche menaçante, à cette fureur, à cette frénéſie générale, elle oppoſe.. ah ! ne l'oubliez jamais, mes chers enfans, elle oppoſe peu de paroles, mais des paroles pacifiques, des regards innocens qui ſemblent ſolliciter le pardon, ces ſoupirs touchans, ces tendres mouvemens d'une belle ame, qui diſpoſent néceſſairement à la bienveillance, s'ils ne forcent pas l'amitié : elle oppoſe encore... Elle ſe tait & ſon ſilence lui donne la victoire. C'eſt ainſi que ces généreux athlètes de la piété chrétienne, ces conſtans amis du Sauveur du monde faiſoient pâlir les tyrans & conſervoient le calme & leur douce paix au milieu des plus affreux tourmens : ainſi ces héros de la vraie vertu, dont le nom fait autant d'honneur à l'humanité qu'à la religion, montroient à l'univers qu'on peut tout vaincre, excepté la douceur.

La douceur ! pour l'apprécier ce qu'elle vaut, voyez, mes chers enfans, vos maîtres accueillir avec complaiſance ceux qui ſont doux, les diſtinguer avec intérêt, les combler de leurs careſſes, les honorer de leur confiance : entendez vos maîtres les citer pour modèles, dire par tout qu'ils font leur joie & leur consolation, qu'ils leur doivent une partie du bien qu'ils font & des succès qu'ils obtiennent.... aussi ont-ils besoin, ces aimables enfans, qu'on les recommande à la bonté d'un protecteur ou à la tendresse paternelle; on vole à leur secours, on se croit trop heureux quand on les a servis. Ah! leurs parens & leurs protecteurs se disputent eux-mêmes le doux plaisir de leur témoigner le plus d'intérêt, de leur prodiguer le plus d'amour. Dans cette douceur qui les rend si aimables & qui les fait tant aimer, ils croient voir briller d'avance toutes les qualités, toutes les vertus, tous les genres de mérite.

La douceur! votre conduite, mes chers enfans, n'est-elle pas un hommage continuel que vous lui rendez?

avec quelle touchante inquiétude ne les recherchez-vous pas, ces enfans paisibles, dont l'ame naïve & la timide candeur semblent vous associer à leur sort tranquille, & vous faire partager le bonheur? si vous éprouvez quelques peines, n'épanchez-vous pas votre cœur dans leur sein? quand la joie succède au chagrin, seriez-vous heureux, s'ils ne partageoient à leur tour votre bonheur? Ne sont-ce pas ces dispositions à la douceur, cet exercice, cette habitude de la douceur, qui vous attachent tellement à eux, qui les rendent tellement chers pour vous, que c'est toujours malgré vous que vous les quittez; & que c'est toujours avec un nouveau plaisir que vous les revoyez?

O douceur, divine douceur! quel présent le ciel fait à l'homme, lorsqu'il rend son cœur digne de goûter

és charmes & capable de les appré-
ier! Hélas! il eſt toujours malheu-
eux quand tu ne l'accompagnes
as! Nous ſommes tous malheureux
quand tu nous abandonnes!... Oui,
pour troubler la plus agréable, la
plus heureuſe ſociété; pour faire
d'une maiſon paiſible, un ſéjour
d'horreur, il ſuffit qu'il s'y trouve
un petit nombre de jeunes gens de
mauvaiſe humeur, de génies aca-
riâtres, & perturbateurs. Semblables
à ces peſtiférés qui infectent tout
ce qu'ils touchent, par-tout ils
communiquent l'amertume dont ils
ſont pleins, ils flétriſſent tout du
ſouffle impur de leur colère. A leur
aſpect le deuil ſuccède à la joie,
le rire expire ſur les lèvres, le
cœur ſe reſſerre & tout bonheur diſparoît! On diroit qu'ils fuſſent nés
pour être les fléaux de leurs maîtres
& le tourment de leurs condiſciples.

Qu'on eſt à plaindre quand on a de tels ſujets à conduire ! Si quelques-uns d'entre vous ſentoient naître en eux le germe d'un ſi déplorable caractère ; ah ! pour leur propre intérêt, je les conjurerois de travailler nuit & jour à extirper juſqu'à la racine, à étouffer cette maudite ſemence qui produiroit pour l'avenir des fruits ſi amers : je les conjurerois d'ouvrir leur ame à la douceur, de tout ſacrifier pour la douceur ; & s'ils ne concevoient pas encore toute l'importance d'une ſi belle vertu, je les inviterois à la ſuivre avec nous ſur un grand théâtre.

On peut l'aſſurer ſans rien craindre, c'eſt la douceur qui joue le plus grand rôle dans le monde & qui amène les plus grands ſuccès. Tous les jours on voit tomber des projets que le courage ſeul répondoit de conduire à une fin heureuſe.

Il eſt également d'expérience que là crainte & la menace réuſſiſſent peu, & plus rarement encore d'une manière ſolide. Sous le maſque de la ſoumiſſion, on conſerve tout le fiel de la diſcorde. Pour vaincre d'une manière durable, il faut vaincre par la douceur. L'autorité forme des eſclaves, la douceur fait aimer l'obéiſſance; de-là toute l'étendue de ſon empire & ſon influence univerſelle. Les affaires même le moins ſuſceptibles de ſa médiation, ſe terminent rarement ſans elle; & juſque dans ces occaſions extraordinaires où la raiſon ſeule ſemble devoir tout entraîner, il faut preſque toujours qu'elle partage ſon triomphe avec la douceur. Ainſi s'accomplit cette belle ſentence. La force & la douceur ſe prêtent un mutuel ſecours.

La douceur eſt eſſentiellement le lien de la ſociété. Si au premier moment de la réunion des hommes, la douceur n'eût pas ramolli & refondu en quelque ſorte cette nature inculte d'abord & ſauvage, ſi par toutes les reſſources d'une aménité conciliatrice, elle n'eût pas perſuadé qu'il falloit, pour le bonheur commun de mutuels ſacrifices, les hommes ſe ſeroient entr'égorgés au lieu de s'aimer comme frères. De même encore aujourd'hui, ſi elle ceſſoit de nourrir par-tout ce fonds d'eſprit patriotique, ce germe de pacification générale, que deviendroit l'ordre public ? que deviendrions-nous nous-mêmes ?.... Il y a eu de ces tems malheureux où des hommes puiſſans croyoient faire un bel uſage de leur pouvoir en ſe livrant à tous les tranſports de leur colère : ah ! pour ſuivre les terribles effets de leur emportement & de leur indignation, il faudroit fixer les

les yeux ſur les ruines fumantes encore des plus ſuperbes cités, ſur des régions immenſes ſans habitans & ſans habitations, ſur tous les genres de maux, ſur toutes les horreurs qui peuvent caractériſer une dévaſtation générale, ſur les tyrans eux-mêmes, devenus victimes à leur tour de la colère des autres, & tous égorgés, les uns au ſein du ſommeil, les autres au milieu de leurs plaiſirs, ou en préſence de ceux-là mêmes dont ils méditoient le maſſacre. Mais oublions, s'il eſt poſſible, des ſcènes déſaſtreuſes, & reportons nos regards ſur les charmes innombrables que répand la douceur ſur la ſociété.

C'eſt par la douceur que les cœurs ſe réuniſſent & trouvent dans le charme d'une union intime, une ſource de délices pures; c'eſt par ſes conſeils que l'un cede de ſes droits, que l'autre abandonne ſes prétentions, que chacun se pique de paroître généreux, que tous veulent faire des sacrifices; c'est par la toute-puissance de sa persuasion que tous les intérêts personnels finissent par se mêler & se confondre dans un seul intérêt commun; c'est par elle sur-tout que dans des tems orageux, on réussit à arrêter les troubles, à mettre un frein à la licence, à contenir le zèle mal entendu, à créer, pour parler ainsi, & à perpétuer le véritable esprit patriotique. Que ne peut pas dans ces grandes occasions un homme pacifique pour détruire les défiances, pour étouffer les soupçons, pour ramener le calme, pour rétablir la paix & consolider par des moyens sages les bonnes intentions publiques! C'est alors que l'homme par le seul empire de sa douceur, règne sur tous les sentimens, s'empare de toutes les opinions, & par l'admirable secret de n'exercer sa force que par sa douceur, devient l'organe de ses semblables, le sauveur de ses frères, & l'ange tutelaire de sa patrie. En un mot, tout ce que le ciel a répandu parmi les hommes de qualités aimables, de vertus sociales, tout ce qu'elles ont d'agrément & d'utilité, autant de dons ineffables de la douceur, autant de preuves sans réplique de son influence sur le bonheur universel. Sans elle l'homme concentré en lui-même ne communiqueroit presque jamais sa bonté aux autres hommes. La générosité qui nous rapproche si fort de l'être infiniment libéral, seroit presque toujours perdue pour la terre. L'amitié même, sans elle, n'existeroit pas. Disons plus, la sagesse lui rend cet incomparable hommage, que si la force lui sert pour porter ses grands coups, c'eſt à la douceur qu'elle doit de tout diſpoſer de manière à triompher toujours, *attingit fortiter & diſponit omnia ſuaviter.* Sa. 8. 1.

D'après tout ce que nous venons de dire (car il ne faut pas l'oublier, l'homme tout ſeul n'eſt pas capable de tant de merveilles), vous avez dû conclure que la douceur eſt une grande vertu, une vertu bien importante dans la religion. Oui, mes chers enfans, elle eſt d'un ſi grand prix aux yeux de notre divin légiſlateur, que voulant nous faire connoître le moyen de conſerver le bonheur par la paix, il nous dit expreſſément: apprenez de moi que je ſuis doux & humble de cœur, *diſcite à me quia mitis ſum & humilis corde.* Matth. 11. 29. N'eſt-ce pas nous faire entendre que ſi nous voulons être heureux, il faut que nous ſoyons doux, & que notre douceur ſoit, autant qu'il eſt poſſible, comme la ſienne, une douceur fondée ſur l'humilité, une douceur de cœur, une douceur toute divine!... En ce moment donc, ô légiſlateur ſuprême, Dieu des vertus, ſeul maître de leur aſſigner le rang qu'elles méritent, en ce moment donc tu béniſſois, tu glorifiois la douceur dans ta perſonne, tu en faiſois la vertu des bons cœurs, la vertu des belles ames, la reine des vertus : *Diſcite à me quia mitis ſum & humilis corde.*

Mes chers enfans, ce ſeroit ſoupçonner vos cœurs que d'inſiſter davantage ſur l'excellence de la douceur. Je dois croire que vous l'aimez tous, que vous êtes tous épris de ſes charmes, que vous en ferez votre vertu chérie, la vertu de toute votre vie; mais je dois auſſi deſirer, & le mérite eſſentiel de votre douceur en dépend, je dois desirer, exiger même que votre douceur ne fasse rien perdre à votre énergie, que vous sachiez également user de modération, & placer à propos une sainte colère, employer toutes les armes du zèle & demeurer cependant pacifiques, être tout à-la-fois les vengeurs intrépides de l'honnête & les amis bienfaisans de vos semblables... Quand il plaît au Très-Haut de verser dans le sein de vos familles quelque nouvelle faveur, ou de montrer à la patrie quelque signe extraordinaire d'une protection paternelle, alors, loin de voir d'un œil tranquille l'Être Suprême prodiguer ses bienfaits, le zèle patriotique doit embrâser vos ames. Un saint enthousiasme doit dicter les chants de votre reconnoissance. Votre douceur n'en brillera que davantage, en sortant du milieu de ces beaux tranſports. S'ils arrivoient jamais, ces déplorables inſtans (& peut-on ne le pas craindre?) où des hommes artificieux & impies tenteroient par mille moyens de vous enlever votre paix en vous conſeillant le crime, de renverſer même l'édifice de votre foi, de profaner indignement le temple auguſte que tant de fois vous aurez conſacré à votre Dieu, alors, mes chers enfans, contre de tels ennemis de votre repos, contre de tels tyrans de votre conſcience, contre de tels meurtriers de vos ames, en ces momens déciſifs pour votre ſort, vous devriez, & il n'y auroit point à balancer, vous devriez ordonner à votre douceur de diſparoître, vous armer de votre colère, faire éclater votre colère. Plus elle ſeroit repouſſante, plus elle ſe montreroit déſeſpérante, plus la religion y verroit ce beau zèle que faifoit éclater fon divin auteur pour la défenfe de la maifon de fon père ; & ce zèle tourneroit encore à la gloire de votre douceur.

Mais dans les circonftances ordinaires de la vie, lorfqu'il ne s'agit que de quelque faute légère échappée à l'inconfidération, au lieu de repréfenter avec douceur, au lieu d'ufer d'un peu de patience, fe livrer à toute fa mauvaife humeur, faire tout retentir de fa colère, tout écrafer du poids de fes menaces! & pour une parole ! pour un mot ! pour un feul mot! & contre des jeunes gens avec qui l'on vit, qui nous aiment & que nous devrions aimer nous-mêmes, n'eft-ce pas violer tout-à-la fois les loix de la nature, de la raifon, de la religion? N'eft-ce pas agir autant contre votre propre intérêt que contre l'intérêt général ? N'eſt-ce pas vous rendre malheureux vous-mêmes & faire le malheur des autres ?

Je dis plus, & ceci doit contenir quiconque parmi vous feroit tenté de ſe livrer à de pareils excès, je dis que c'eſt prouver authentiquement ſa foibleſſe & bien mal entendre les intérêts de ſa gloire. C'eſt dire tout haut qu'on n'eſt point maître de ſoi-même, & par conſéquent qu'on n'eſt point libre, puiſqu'on eſt vaincu, ſubjugué par le deſir de la vengeance, par l'impoſſibilité de mépriſer la vengeance... Ah ! mes chers enfans, que deviendrez-vous donc dans le monde, lorſqu'il faudra ou céder à un inſenſé, ou ſe voir entraîner dans des démarches imprudentes, ſouvent même funeſtes ? Que deviendrez-vous dans le monde, ſi à force de faire apprentiſſage de douceur au collége, vous n'êtes point capables de mépriſer le mépris des inſenſés, ſuivant la penſée d'un ancien, *contemnendus eſt contemptus ſtultorum?*

Il faut donc, & c'eſt le fruit que vous devez retirer de ce diſcours, il faut reconnoître les dangers, les malheurs qu'entraîne la colère, afin de les vaincre en ſoi, de les éviter dans les autres; combien au contraire la douceur eſt utile & agréable, afin de s'accoutumer à l'aimer, à la pratiquer conſtamment.

O mes chers enfans, aimez-la donc, cette divine douceur! aimez à lui faire chaque jour quelque nouveau ſacrifice. Faites-en votre vertu d'habitude, la compagne de votre ame, l'amie de votre cœur. Elle eſt ſi aimable! elle a des charmes ſi touchans! Qu'elle domine donc tous vos ſentimens ; qu'elle dirige toutes vos affections. Que la douceur ſoit la baſe & l'ame de votre éducation, elle en ſera la plus belle gloire & le principal agrément.

Ier. DISCOURS

Pour la première Communion.

ARGUMENT.

La première communion eſt un de ces auguſtes actes de religion, dont l'influence ſainte doit conſacrer toute la vie. C'eſt dans l'ordre ſpirituel comme une priſe de poſſeſſion de la part de Jéſus-Chriſt, & une merveilleuſe alliance que forment enſemble l'enfant & ſon Dieu. Si jamais action reſpectable dût être précédée d'une longue & ſérieuſe préparation, c'eſt ſans doute celle-ci. Toutes les vertus doivent orner le ſanctuaire du ſaint des ſaints.

La joie pure & la touchante candeur ſont pour l'ordinaire l'apanage des jeunes enfans dans cette cérémonie. L'attendriſſement qu'ils inſpirent attache à eux par le plus vif intérêt. C'est à qui applaudira davantage à leur bonheur, & tout semble en promettre la durée.... Hélas! l'expérience ne montre que trop que la ferveur peut se ralentir, & que les plus beaux triomphes en ce genre ne rendent pas impossibles les plus honteuses défaites.

C'est au zèle généreux à défendre les foibles enfans contre de si malheureuses inconséquences; & c'est ici qu'il est permis d'être toujours mécontent de soi, parce qu'on ne sauroit jamais trop bien réussir.

Hæc est dies quam fecit Dominus : exultemus & lætemur in eâ.

Réjouissons-nous & tréssaillons de joie en ce jour que le Seigneur a fait. Psalm. 117.

C'EST pour vous, mes chers enfans, qu'il est vrai de dire, dans toute la force du terme, que ce jour est un beau jour, un jour remarquable, un jour de triomphe & de bénédiction. Ce grand Dieu, le Dieu des armées, maître absolu des conquérans & des potentats, souverain arbitre des vivans & des morts, éternel dominateur de tout, ce grand Dieu veut bien, à votre égard, être le Dieu des enfans, & par préférence, en quelque sorte, le Dieu des petits enfans... Laissez-les venir à moi, s'écrie-t-il dans l'évangile; je veux m'unir à eux: *sinite parvulos venire ad me.* Marc. 10. 14.

Voilà ce que nous n'avons cessé de vous apprendre, & vous le savez avec quel vif intérêt! Le verbe de Dieu, éternel comme son père & fait chair dans le temps, victime sur le calvaire, victime sur cet autel, l'agneau de Dieu toujours vivant & toujours immolé; son corps adorable, son sang précieux, sa divinité toute entière; J. C. devenu dans ſon ſacrement la nourriture de l'homme mortel pour lui communiquer l'immortalité ; *ſi quis manducaverit ex hoc pane, vivet in æternum.* Joan. 6. 52.

Vous le croyez ſans doute ainſi, mes chers enfans, & vous êtes, je n'en doute pas, dans la ferme réſolution de donner, s'il le falloit, votre ſang même pour ſoutenir une vérité auſſi conſolante... Mais peut-être, à la vue de tant de grandeur & de ſainteté réunies, le ſentiment de votre foibleſſe vous intimide & vous alarme. Un Dieu ſi grand s'abaiſſer juſqu'à de foibles enfans !... Il eſt vrai, le ſouvenir de vos égaremens, les premiers hommages de vos cœurs, peut-être ravis au Dieu qui les forma, votre innocence, le dirai-je ? votre innocence, ce tréſor plus précieux que la vie même, ſacrifiée peut-être, avant d'en avoir pu connoître tout le prix ; un tel souvenir, mes chers enfans, est bien propre à vous confondre ; & peu s'en faut que n'écoutant en ce moment que mon zèle pour l'honneur du sacrement, je ne m'écrie moi-même : loin donc du sanctuaire du Dieu vivant, enfans d'iniquité ! c'est le Dieu trois fois saint qui habite ce lieu terrible ! Un seul regard téméraire porté sur l'autel du Seigneur seroit puni de mort ! *Si quis autem templum Dei violaverit, disperdet illum Deus.* 1. Cor. 3. 17.

Mais que dis-je, mes chers enfans ? La même foi qui nous apprend que celui qui communie indignement se rend coupable du corps & du sang de J. C., qu'il boit & mange son propre jugement, qu'il est déjà jugé ; la même foi nous enseigne que l'église a le pouvoir de remettre tout péché ; que la douleur d'avoir offensé

offensé Dieu reconcilie avec Dieu ; que le divin amour peut suppléer à tout, purifier, sanctifier tout. Oh ! que ce soit là le sentiment dominant de votre ame ! Aimez, mes chers enfans, aimez J. C. & ne craignez plus. Dites-lui dans les mêmes transports que Saint Augustin : Dieu sauveur, je vous adore sous les foibles espèces où votre amour pour moi vous a réduit dans cet auguste sacrement. Plus vous me cachez votre gloire, plus je découvre en vous de grandeur : plus vous vous humiliez à mes yeux, plus vous êtes cher à mon cœur : *tantò mihi carior, quanto pro me vilior.*

Ne sont-ce pas là vos sentimens, mes chers enfans ? ou plutôt ne sont-ils pas mille fois plus vifs encore ?

Et vous que le plus tendre intérêt

appelle à cette auguſte cérémonie, vous qui chériſſez ces enfans plus que vous-mêmes, ah! avec quel zèle vous allez bénir le Dieu qui s'unit à eux! Admirez dans les brûlantes ardeurs du cerf altéré, les chaſtes flammes qui les conſument pour le Dieu qu'ils vont recevoir. Figurez-vous, s'il eſt poſſible, tout ce que peut l'impatience de jeunes ames qui ne reſpirent que pour Dieu. Faites retentir le temple de l'amour de ces enfans pour J. C., de l'amour de J. C. pour ces enfans. Dans ces doux inſtans où la religion reprend ſes premiers droits ſur vos cœurs, ah! chantez avec nous, chantez ſon triomphe & leur bonheur!

Diſcours après la Communion.

ENFANS de la religion par le ſacrement de baptême, rendus à la religion par le sacrement de pénitence, devenus par le sacrement de l'eucharistie les sanctuaires vivans de l'auteur même de la religion, ô mes chers enfans, à combien de titres sacrés vous appartenez à Jesus-Christ! Et quel droit il a, ce Dieu sauveur, que vous le glorifiez & que vous le portiez dans votre corps! Que tout dans votre personne soit désormais à lui, soit désormais digne de lui! *Glorificate & portate Deum in corpore vestro.* 1. Cor. 6. 20.

Fut-il jamais, mes chers enfans, je le demande à vos cœurs, fut-il jamais un joug aussi doux, un maître aussi aimable? Et s'il vous étoit donné de nous peindre tout ce que vous éprouvez en ce moment, que ne nous diriez-vous pas de l'heureuse situation de votre ame? Vous êtes tout à J. C.; J. C. est tout à vous : vous ne vivez plus de vous-mêmes, c'eſt J. C. qui vit en vous : union toute merveilleuſe, alliance toute divine, juſques à quand ferez-vous le bonheur de ces tendres enfans ?

Il eſt donc poſſible que des tems malheureux ſuccèdent à ce beau jour ! Hélas ! combien d'exemples terribles nous avons peut-etre parmi nous de cette déſolante vérité !

Mes chers enfans, n'auriez-vous reçu en triomphe J. C. dans vos cœurs, que pour le crucifier de nouveau, ſuivant l'expreſſion de l'apôtre : *Rurſum crucifigentes ſibimetipſis filium hominis* ? Heb. 6. 6. Ah ! ſans doute bien différens de ces ames inconſtantes qui ne ſavent aimer Dieu qu'une fois, une ſi monſtrueuſe ingratitude vous fait horreur, & ſi vous ne pouvez vous diſſimuler les dangers inſéparables de votre âge, du moins osez-vous en ce moment que l'amour de J. C. vous consume, vous écrier dans les transports de votre reconnoissance : ô mon Dieu! ô Dieu de mon ame ! plutôt mourir que de vous offenser ! *potiùs mori quàm fœdari.*

C'est à nous à qui la garde de ces enfans est commise, c'est à nous, Messieurs, à cultiver de si saintes dispositions ! Si nous pouvions un instant oublier qu'ils sont devenus les sanctuaires vivans de la divinité, Dieu lui-même, J. C. nous demanderoit compte de l'alliance qu'il vient de contracter avec eux. Nous serions éternellement responsables de leur ame : *Sanguinem ejus de manu tuâ requiram.* Zach. 3. 18.

Et vous que la tendresse, plus encoreque le devoir, attache au sort de ces enfans, quel malheur & quel crime, ſi ces dépôts ſacrés venoient un jour à périr dans vos mains ? Les pierres même du temple demanderoient vengeance contre vous.... Ah ! plutôt jurez à la face des ſaints autels, de ſeconder nos efforts : défendez-les contre la contagion du mauvais exemple. Que jamais le ſouffle impur du vice n'altère un moment l'éclat de leur vertu ! Le cri de leur innocence conſervée par nos ſoins, ſollicitera, au grand jour, les miſéricordes du ſouverain juge en notre faveur.

Nous pourrons lui adreſſer avec confiance ces paroles d'un prophète : Souvenez-vous de nous, ô Dieu de miſéricorde, en faveur de tout ce que nous avons fait pour votre peuple : *Memento mei, Deus meus, in bonum ſecundùm omnia quæ feci populo huic.* 2. Eſd. 5. 19.

Conſommez, grand Dieu, l'ouvrage de votre grace ; exaucez des vœux formés pour votre gloire : *Confirma hoc Deus quod operatus es in nobis.* Pſal. 67. 26.

IIme. DISCOURS

Pour la première Communion.

AVANT LA COMMUNION.

Vocabitis hunc diem celeberrimum.
Vous appellerez ce jour très-célèbre. Lev. 23. 21.

ENFIN il est donc arrivé, mes chers enfans, ce jour à jamais mémorable dans l'histoire de votre vie, où le Seigneur, touché de vos besoins, veut bien se donner à vous & vous nourrir de son corps.

Déjà il vous a fait entendre ces paroles si consolantes : allez, vos péchés vous sont remis : *Remittuntur peccata tua.* Math. 9. 2. En ce moment, il vous adresse un langage plus attendrissant encore : venez à moi, mes chers enfans, venez à moi, mes délices ſont d'habiter avec vous : *Deliciæ meæ eſſe cum filiis hominum.* Prov. 8. 31.

Quel prodige de bonté ! quelle merveilleuſe généroſité, mes chers enfans ! Le Dieu créateur du ciel & de la terre, l'arbitre ſouverain des vivans & des morts, celui devant qui les dominations & les puiſſances ne ſont rien, & l'univers même, que comme s'il n'étoit pas... Un Dieu, ne pas refuſer de deſcendre juſqu'à votre baſſeſſe ! ne pas dédaigner de ſe familiariſer avec votre foibleſſe ! Et c'eſt cependant lui-même que vous allez recevoir, mes chers enfans ; ſon véritable corps, le même qu'il prit dans le ſein d'une Vierge, & qu'il a maintenant dans le ciel ; c'eſt ſon précieux ſang, ſon ame & ſa divinité, l'adorable perſonne de Jeſus-Chriſt toute entière. Il a dit : « Ceci eſt mon corps, ceci eſt mon ſang ». Nos yeux pourroient nous tromper, & la parole de Dieu eſt infail ible.

Mais qui êtes-vous, mes chers enfans, pour recevoir au-dedans de vous celui que les anges n'adorent qu'en tremblant ! Sentez-vous tout le prix de l'alliance que vous allez contracter ? Ne trouvera-t-il pas dans les ſanctuaires que vous lui préparez, ce Dieu trois fois ſaint, des reſtes de paſſions capables d'offenſer ſes regards & d'allumer ſon courroux ?.... Ah ! m'écrierai-je, ames parricides, qu'allez-vous donc faire ? Venez-vous arracher du fond de ſon ſanctuaire l'agneau de Dieu qui efface les péchés du monde, pour le fouler aux pieds & le crucifier de nouveau ? Venez-vous déſoler le ciel, témoin de ce ſpectacle, & profaner par votre réprobation éternelle, ce jour deſtiné à opérer votre félicité éternelle ?... Ah! ſans doute, de telles diſpoſitions vous font frémir d'horreur; & ſi vous ne pouvez vous flatter d'offrir à Jeſus-Chriſt le tribut de votre innocence primitive, du moins eſpérez-vous y ſuppléer par toute la vivacité de la douleur, & par tout le mérite de la componction.

Dites-lui donc, mes chers enfans, avec toute l'ardeur qui vous anime: « Oui, Seigneur, je crois fermement que c'eſt vous que je vais » recevoir, vrai Dieu & vrai homme, » auteur & conſommateur de mon » ſalut. Je le crois, ô mon Dieu; » mais je confeſſe en même temps » que je ſuis indigne d'un tel hon» neur. Cependant vous le ſavez, » Seigneur (permettez-moi ce ſen» timent), vous ſavez que je vous » aime & que je veux vous aimer » toute ma vie. Convaincu de mon

» indignité, mais encouragé par » votre invitation paternelle, j'o» ferai donc aller à vous, & je vous » dirai : venez, ô mon Dieu, pren» dre possession de mon ame, régnez » en souverain sur mon cœur ; ban» nissez, détruisez, consumez par les » chastes flammes de votre amour, » tout ce qui n'y seroit pas assez » digne de vous ».

Victime adorable, vous applaudissez à de si beaux transports ! Heureux présage des merveilles que vous allez opérer dans leurs cœurs !

Mes chers enfans, il ne vous reste qu'à consommer votre sacrifice. J. C. a agréé l'offrande que vous lui faites : il lui tarde même de s'unir à vous ; mais n'oubliez pas que c'est son amour infini qui porte J. C. à se donner à vous. Que le même amour vous conduise aux pieds de J. C. ! que le même amour vous immole en ce moment à J. C. !

Discours après la Communion.

UNIS étroitement à J. C. & transformés en quelque ſorte en lui, vous éprouvez maintenant, mes chers enfans, combien il eſt doux de jouir du Seigneur; & ſans doute que tout ce que je pourrois vous dire ſeroit au-deſſous de ce que vous ſentez vous-mêmes.... Livrez-vous donc, mes chers enfans, à tous les tranſports qui vous animent. J. C. n'a pas mis de bornes à ſa générosité; ah! n'en mettez point à votre reconnoiſſance! Conjurez le ciel de le bénir pour vous & avec vous; conjurez les anges & les ſaints de porter avec une nouvelle ardeur, vos vœux aux pieds de l'agneau.... Mais que dis-je? il repoſe au-dedans de vous, ce tendre agneau, l'auteur de toutes les graces, & je peux même ajouter qu'en ce moment vous êtes toutpuiſſans ſur ſon cœur. Adreſſez-vous donc à lui avec confiance, mes chers enfans ; priez pour les beſoins de l'égliſe & de l'état ; priez pour les pécheurs & pour les juſtes ; priez pour vos parens & pour vos maîtres ; vous le devez à la tendreſſe des uns & au zèle des autres.

Mais ſur-tout priez que l'œuvre de Dieu s'accroiſſe & ſe conſomme en vous ; & ſi, au milieu des ineffables délices dont vous enivre ce doux Jeſus, vous pouviez concevoir quelqu'inquiétude, ah ! que ce ſoit pour l'avenir.... Si jamais ce beau jour devoit être remplacé par des temps orageux ! Si bientôt nous avions à pleurer ce qui fait notre conſolation. Grand Dieu ! quel triſte ſouvenir je rappelle peut-être à quelques-uns de ceux qui m'entendent !... Il n'en ſera pas ainſi de ces tendres enfans, ô mon Dieu, vous enverrez des légions d'anges pour défendre leur foibleſſe ; vous la défendrez vous-même, ô mon divin Sauveur. Dans les momens critiques, ils vous rappelleront à leur cœur, & leur cœur ne pourra ſe réſoudre à vous outrager. Ainſi toujours attachés à vous par les doux liens de l'amour, toujours vivans de vous & pour vous, ils mériteront le don de la perſévérance finale, &, par elle, de vous voir éternellement face à face & de vous poſſéder.

IIIme. DISCOURS

Pour la première Communion.

Avant la Communion.

Spectaculum facti sumus mundo & angelis & hominibus.

Nous sommes devenus un spectacle pour le monde, pour les anges & pour les hommes. 1 Cor. 4. 9.

Vous pouvez bien vous les appliquer en ce moment, mes chers enfans, ces belles paroles de l'apôtre : Nous voilà devenus un spectacle pour le monde, pour les anges & pour les hommes.

Un grand spectacle même pour le monde que votre foi confond. Déjà, dans le baptême, on l'avoit abjuré en votre nom ; aujourd'hui c'est vous-mêmes qui criez anathême au monde,

monde, qui foulez aux pieds le monde, pour ratifier vos promesses saintes & contracter avec J. C. l'alliance la plus solemnelle ; & par l'hommage que vous lui faites de toutes les pensées de votre esprit, de tous les sentimens de votre cœur; par le dévouement, par le sacrifice de tout votre être, vous vengez Dieu des mépris du monde ; vous élevez, autant qu'il est en vous, sur les ruines du monde, l'empire de Dieu & le règne de J. C. Victoire, mes chers enfans, d'autant plus glorieuse, d'autant plus chère à la religion, qu'elle devient plus humiliante, plus désespérante pour le monde : *Spectaculum mundo.*

Un spectacle encore de joie & de consolation pour les anges, *Spectaculum angelis*, qui, au milieu des ravages de l'impiété, voient se former de jeunes adorateurs, & dans la désertion générale de la table sainte, dans l'abandon du sacrement par excellence de J. C., voient de jeunes ames ne respirer que pour lui, ne soupirer qu'après l'heureux instant de se nourrir de sa chair adorable, & de s'abreuver de son sang précieux. Spectacle de ravissement & de transport, je dirois presque spectacle d'envie pour les anges qui s'étonnent de voir la foible créature approcher de si près le Très-Haut, & oser recevoir au-dedans d'elle celui qu'ils se croient trop heureux d'adorer en tremblant. Ah! de quelle gloire donc, mes chers enfans, ne va pas vous couvrir le Dieu de l'autel! Oui, J. C. en se donnant à vous dans son sacrement, ne vous égale pas seulement aux anges, ne vous rend pas seulement supérieurs aux anges; vous devenez en quelque sorte autant de Dieux vous-mêmes, tant vous êtes faits participans de la nature divine! Ce sont les paroles de l'apôtre : *Divinæ consortes naturæ.* 2 Pet. 1. 4.

Un spectacle enfin pour les hommes : *spectaculum hominibus.* Pour nous tous, mes chers enfans, que votre profond recueillement édifie, que votre tendre piété enchante; pour nous en particulier, témoins tant de fois de vos larmes d'attendrissement & de vos soupirs, en songeant qu'il vous seroit donné de posséder un jour dans vos cœurs celui que le ciel & la terre tout ensemble ne peuvent contenir.

Un spectacle sur-tout pour ces respectables auteurs de vos jours, qui, dans ces beaux sentimens qui vous unissent à J. C., admirent la douce paix, la sainte candeur de vos ames, & attendent de cette divine union avec J. C., des mœurs pures, des vertus ſolides, une jeuneſſe ſage, une vie ſainte, votre bonheur pour le temps & au-delà du temps : *ſpectaculum hominibus.*

O foi divine, lumière ineffable, émanation ſainte de la lumière éternelle, environne ces enfans de ta ſplendeur auguſte ! Qu'ils ne voient plus que les merveilleux effets de l'amour de Jeſus-Chriſt ! Jeſus-Chriſt inſtituant l'adorable ſacrement de ſon corps ; J. C. ordonnant de perpétuer dans ſon égliſe l'adorable ſacrement de ſon corps ; J. C. ſe donnant de ſes propres mains à ſes apôtres ; J. C. ſe donnant à eux-mêmes, en ce moment, par les mains du prêtre....

O humilité ſainte ! conſole ces enfans de n'avoir pas toujours été aſſez dignes de ſervir de tabernacles au Dieu trois fois ſaint. Supplée par tes touchans repentirs à tout ce qui pourroit manquer à leur première innocence ! Appelle, invite, par l'aveu de leur misère, le Dieu qui aime les humbles, à descendre jusqu'à eux, à venir habiter dans leurs cœurs ! Mais que dis-je? pourroient-ils être indignes de Dieu, une fois consumés par le divin amour !

O charité de J. C. ! achève donc d'embrâser le cœur de ces enfans ! Remplis leur ame de tes chastes ardeurs ! Consacrés, sanctifiés, divinisés, en quelque sorte, par tes heureuses influences, ils approcheront de leur Dieu avec confiance, ils le recevront avec amour, ils le posséderont avec transport !

O vous tous qu'un si beau spectacle attendrit, ames généreuses & sensibles, souffrez que j'intéresse tous vos sentimens en faveur de l'auguste mystère de nos autels ! Il faut bien que ce spectacle suppose une grande réalité, puisqu'il est si touchant!... Non, non, l'illusion ne donne point des délices si pures! Que le monde s'égare dans les vains raisonnemens de l'orgueil : le monde n'est pas fait pour goûter le don de Dieu. Que de jeunes insensés blasphêment : quand on veut demeurer libertin, il est tout simple que l'on devienne incrédule. Mais pour vous, ah! si vous êtes les dignes héritiers de la foi de vos pères, pour dédommager J. C. de l'abandon sacrilége de tant d'impies, unissez, en ce moment, vos adorations aux adorations de ces enfans ; ajoutez à l'hommage de leur amour, l'hommage de votre foi ; mettez le comble à leurs vœux, par les vœux que vous formez vous-mêmes. Bénissez, glorifiez, adorez avec eux le Dieu infiniment grand, le Dieu infiniment bon, qui veut bien les admettre à sa table sainte & consommer leur bonheur !

Discours après la Communion.

Absit à nobis ut relinquamus Dominum... Domino Deo nostro serviemus & obedientes erimus præceptis ejus. Josué 24. 16.

N'EST-CE pas là, mes chers enfans, le sentiment dominant de vos ames ? Et ne vous êtes-vous pas déja mille fois écrié, comme autrefois les enfans d'israël ?... « Loin de nous d'abandonner le Seigneur ! — nous servirons le Seigneur notre Dieu & nous serons fidèles à sa loi ». Il est dit au même endroit, que Josué, enchanté des dispositions du peuple à l'égard de Dieu, fit prendre une pierre d'une énorme grandeur qu'il plaça dans le sanctuaire du Très-Haut, en disant : Cette pierre rendra témoignage contre vous, si jamais vous voulez nier vos promeſſes. *En lapis iſte erit vobis in teſtimonium, ne poſteà negare velitis.*

Quel plus éclatant témoignage n'aurions-nous pas à citer contre vous, mes chers enfans, ſi jamais vous pouviez oublier tout ce que vous devez à votre Dieu ! Le monde humilié en ce jour par le triomphe de J. C. & le vôtre, avec quelle inſultante audace ne triompheroit-il pas, à ſon tour, de la préférence donnée par vous au démon ſur Jeſus-Chriſt ? Les anges !... Ah ! ne ſeroit-ce pas porter la déſolation juſques dans la cité même de Dieu ? Et croiroit-on tant d'ingratitude poſſible, ſi une malheureuſe expérience n'avoit appris qu'il n'eſt point d'horreurs dont l'imprudente jeuneſſe ne puiſſe ſe rendre coupable? Les hommes !... Hélas ! notre joie ſi pure ſe changeroit donc en une profonde triſteſſe ! Et ils n'auroient livré leur ame à de ſi douces eſpérances , ces tendres pères, que pour ſe voir plus cruellement trompés par la lâcheté de leurs enfans !... Perfides ! vous forceriez donc le Seigneur, après vous avoir comblés de biens, à vous acccabler de maux !.... *Affliget vos atque ſubvertet poſtquam vobis præſtiterit bona.* — Non, non, s'écrioit le peuple ſaint, à qui le ſucceſſeur de Moyſe faiſoit de telles menaces, il n'en ſera pas comme vous dites ; mais nous ſervirons le Seigneur : *Nequaquam ità, ut loqueris, erit ; ſed Domino ſerviemus.*

Mes chers enfans, l'ardeur de vos jeunes ames, en ce moment, toutes pleines de Dieu, ne forme-t-elle pas des vœux plus ſublimes mille fois encore que tout ce que pouvoit ſentir le peuple hébreu ? Il eſt dit que Joſué, pour s'aſſurer davantage de la fidélité des enfans d'Iſraël ; les interpella encore de la ſorte : vous êtes témoins que c'eſt vous-mêmes qui avez choiſi le Seigneur pour le ſervir. *Teſtes vos eſtis quia ipſi elegeritis vobis Dominum, ut ſerviatis ei.* Leur réponſe fut encore : nous ſommes témoins : *Teſtes.* La vôtre.... ô Dieu ! n'eſt-ce pas votre cœur & tout votre cœur qui témoigne ? *Teſtes*, *Teſtes*... Mes chers enfans, ce peuple ſi touché des bienfaits de ſon Dieu, devint encore ingrat dans la ſuite. Déchirante penſée pour une belle ame !... mais le verbe de Dieu ne s'étoit pas encore fait chair ; mais J. C. n'avoit pas encore nourri l'homme de ſon ſang. Animés, fortifiés par cette nourriture toute divine, appuyés, ſoutenus de la force même de Dieu, ah ! ſans doute, votre attachement ſera généreux ; votre amour ſera constant ; toujours la bonté de Dieu sera présente à votre cœur ; toujours l'amour de J. C. sollicitera votre amour.

Mais cette force avec laquelle vous n'aurez à redouter ni la foiblesse de votre âge, ni la fougue de vos passions naissantes ; cette force qui vous rendra vainqueurs de la séduction du monde, vainqueurs de toutes les puissances de l'enfer ; zélateurs de la piété chrétienne au milieu des débordemens de l'impiété publique ; adorateurs de l'eucharistie, malgré tout le déchaînement des ennemis de la table sainte ; cette force qui assurera le succès de votre éducation, qui fixera la gloire de votre carrière, qui fera le bonheur de votre vie ; cette force, mes chers enfans, c'est Dieu qui la donne, c'est à Dieu qu'il faut la demander.

En cet heureux instant qu'il est

tout en vous, que vous êtes tout à lui, demandez donc & ne mettez pas de bornes à vos demandes, parce qu'il n'eſt pas poſſible que vous ſoyiez refuſés : *Neque enim fas eſt ut avertam faciem tuam.* 3. Reg. 2. 20. Après l'ineffable don de ſervir toujours Dieu & d'aimer toujours J. C., la tendreſſe de vos pères, la bonté de vos maîtres, l'amitié de vos condiſciples, la gloire de l'égliſe, les beſoins de l'état, ſe préſenteront, ſans doute, à votre mémoire, & intéreſſeront tour-à-tour vos ames généreuſes. Diſpenſateurs, en quelque ſorte, des tréſors de l'euchariſtie, vous n'oublierez pas l'auguſte aſſemblée des repréſentans de la nation. Admirateurs des vertus de notre bon roi, jaloux de ſon bonheur, vous demanderez pour lui & pour eux un eſprit de paix, de force & de ſageſſe, un eſprit de fraternité

& de charité chrétiennes ; en un mot, tout le zèle, tout l'amour public néceſſaire pour faire le bien de tous.

C'eſt ainſi, mes chers enfans, que la première entrée triomphante de Jeſus-Chriſt dans vos cœurs, après avoir été un grand ſpectacle pour le monde, pour les anges & pour les hommes, ſera encore pour vous & pour nous, pour la religion & pour la patrie, une ſource abondante de bénédictions & une époque mémorable de la félicité générale.

DISCOURS

Sur la Procession de la Fête-Dieu.

ARGUMENT.

IL n'est pas donné à l'ame la plus fervente de sentir toujours assez toute la grandeur de Dieu. Que sera-ce des enfans dominés presque nécessairement par leur légéreté naturelle ?

Il faut donc que dans ces jours consacrés particulièrement à célébrer le mystère du Dieu victime, le zèle vienne au secours de leur foiblesse. Il faut qu'ils s'efforcent de racheter les crimes du respect humain par des hommages authentiques & solemnels. Ce moyen que leur offre la religion pour acquitter leur dette envers l'amour de Jésus-Christ, est aussi le seul pour éviter le malheureux sort dont Dieu menace ceux qui auront rougi de lui devant les hommes.

On ne ſauroit donc, dans ces jours, trop exciter la piété des jeunes gens, ni relever par trop de pompe ces auguſtes cérémonies, où la foi, au milieu des applaudiſſemens du monde chrétien, adore le vrai Dieu ſous de foibles eſpèces.

Sanctificamini, & afferte arcam Domini Dei Iſraël ad locum qui ei præparatus eſt.

Sanctifiez-vous, & tranſportez l'arche du Seigneur Dieu d'Iſraël dans le lieu qui lui a été préparé.

QU'ELLES ſont touchantes, mes chers enfans, les peintures que nous font les livres ſaints de ces journées fameuſes, où l'arche du Seigneur Dieu étoit portée en triomphe au milieu d'Iſraël! Qui pourroit fixer, ſans la plus vive émotion, cette brillante époque, où, ſous la conduite d'un grand Roi, elle eſt tranſportée de la maiſon d'Obédedom dans la ville de Jéruſalem! David environné d'un peuple immenſe, & communiquant par-tout l'enthouſiaſme dont il eſt plein, animant tous les chœurs, excitant la mélodie générale, s'abandonnant à toutes les démonſtrations du bonheur, & ivre de plaiſir, ſe multipliant en quelque ſorte pour ajouter encore à l'allégreſſe univerſelle!

Aux tranſports de la joie ſuccédoit le ſilence de l'anéantiſſement. Dans ces auguſtes cérémonies, tout reſpiroit la grandeur du Dieu qu'on adoroit; une frayeur religieuſe accompagnoit les prêtres & les lévites, & le peuple proſterné adoroit en tremblant.

Et que renfermoit de ſi divin l'arche du Seigneur Dieu d'Iſraël? La verge d'Aaron, un peu de manne, des ombres de la réalité ſainte qui devoit un jour habiter dans nos ſacrés tabernacles.

Par

Par quelle piété donc aſſez éclatante pourroit-on célébrer dignement l'auguſte miſtère de la nouvelle alliance, dans lequel le verbe de Dieu fait chair, veut bien devenir tout à-la-fois le prêtre & la victime ? Décernons un tribut d'éloges ſolemnels à la mémoire de ce pontiſe (*), qui, pour confondre l'audace impie de quelques novateurs ſuperbes, ordonna que le corps de Jeſus-Chriſt fût porté en triomphe au milieu des adorations publiques, & reçût de tout fidèle, le témoignage d'une foi vive & d'une reconnoiſſance immortelle.

Voilà, mes chers enfans, l'intention de l'égliſe en célébrant cette grande fête ; que votre foi à cet auguſte miſtère, s'annonce d'une manière authentique, & que vos

(*) Le pape Urbain IV, en 1264.

cœurs faſſent éclater au-dehors tous les ſentimens d'amour dont ils ſont pénétrés.

S'il falloit exciter votre reconnoiſſance, ah ! je vous préſenterois pour motif de ce grand miſtère, l'immenſe amour qui conſuma le cœur de Jeſus ; je vous citerois pour fruit de ce grand miſtère, l'inconcevable bonté, l'inépuiſable prodigalité de l'amour de Jeſus, Jeſus s'immolant chaque jour pour vous, Jeſus brûlant de s'immoler chaque jour en vous, quel titre à votre amour !... Ames ferventes toujours dignes de Jeſus, recevez en ce moment l'hommage de mon admiration !

Il eſt une autre claſſe d'amis de Jeſus-Chriſt moins fervens à la vérité ; pour eux cette fête eſt une expiation ſainte, une amende honorable. Hélas ! je parle déſormais à presque tous ceux qui sont dans ce saint temple. Qui de vous, messieurs, s'est toujours présenté avec assez de componction devant l'autel du sacrifice? Qui de vous, mes chers enfans, a senti tout le poids de la grandeur de Dieu! Mille pensées profanes ne se sont-elles pas mêlées à vos plus belles adorations? Si je rappellois les précieux instans de notre union avec Jesus-Christ, n'a-t-il jamais trouvé de notre part ni froideur ni indifférence? Ce n'est point assez; a-t-il toujours trouvé de notre part de brûlans transports, un amour digne de son cœur? Grand Dieu, je m'accuse en ta présence! pardonne à ma foiblesse.

Oh! mes chers enfans, ne vous accusez-vous pas en ce moment vous-mêmes? Laissez se répandre vos jeunes ames devant le trône de l'agneau, il efface les péchés du monde, il accordera à vos larmes un repentir ſincère. Petits enfans, gémiſſez auſſi devant l'autel ſaint ſur votre légereté ; offrez à Jeſus-Chriſt vos regrets innocens. Ah ! il vous aime tant, ce Dieu bon, qu'il vous a déjà pardonné !

Et vous, pour qui je parlerois un langage inconnu, s'il étoit poſſible qu'il en exiſtât un ſeul parmi nous... Ingrat, ingrat, m'écrierai-je ! mais je ne dois pas troubler une ſi belle fête par de fâchenx ſouvenirs, & la préſence de mon Dieu m'ordonne de l'adorer.

Que ce jour ſoit donc pour nous tous un jour de ſolemnelle adoration ! Réparons authentiquement tant d'outrages. Que le ciel témoin juſqu'ici de nos irrévérences, voie notre profonde vénération & applaudiſſe à nos pieux ſentimens ! Portons plus loin notre amour, desirons de réparer les crimes de toute la terre; prions, conjurons les anges & les archanges de redoubler d'ardeur aux pieds de l'agneau, & que les sacriléges de l'impie disparoissent pour toujours, couverts de la multitude de nos hommages & de nos actions de grace réitérées.

Tant de vœux & de touchans témoignages ne s'éteindront pas sans doute, mes chers enfans, avec le jour qui les voit naître. Amis constans de Jesus-Christ, vous vous ferez un devoir sacré de l'honorer dans le monde comme vous l'aurez honoré au collége; dans les jours de sa gloire, vous chercherez à relever son triomphe par une éclatante piété. Si quelqu'un semblable à la fille de Saül, osoit insulter à votre zèle, semblable à l'humble David, vous-mêmes, vous vous humilieriez davantage : *Humilis fiam plus quam factus sum* 2 Reg. 6. 22.

Pénétrez donc de l'auguste préſence de cet adorable ſacrement, & pleins d'une ardeur ſainte, célébrez, mes chers enfans, le grand myſtère d'un Dieu immolé par l'amour. Sous ces foibles eſpèces, adorez votre Dieu, & que vos cantiques ſublimes répondent à l'univers de vos ſentimens pour lui. O vous qui avez pu oublier le Dieu de l'euchariſtie, voici le moment de montrer que vous avez un cœur & que vous ſavez aimer ! Dans un douloureux repentir, marchez devant l'agneau de Dieu, & que la tendre piété ſanctifie tous vos pas. Puiſſe cette auguſte cérémonie, en faiſant triompher la religion de ſes ennemis, devenir pour vous & pour nous, le ſujet d'une conſtante ferveur, & l'heureux préſage du triomphe éternel de Jeſus-Chriſt dans nos cœurs.

DISCOURS

Pour le dernier jour de l'An.

ARGUMENT.

PARMI les coutumes ſages, il n'en eſt point de plus importante pour l'éducation que celle qui accoutume les jeunes gens à compter leurs années. Le temps a ſi peu de prix à leurs yeux ! Ils ſe perſuadent ſi facilement qu'ils n'en manqueront jamais ! Et ſi Dieu exauçoit des vœux imprudens, leur carrière finiroit, à peine commencée.

C'eſt donc avec raiſon qu'on les engage, à la fin de chaque année, à ſe rappeller leurs penſées, à juger leur conduite : c'eſt avec raiſon qu'on les invite à commencer chaque nouvelle année avec plus de précaution. Heureux ſi, étant dans le monde, ils conſervent l'habitude de ſe rendre compte à eux-mêmes de leurs actions, & de préparer ainsi le jugement de l'Être-Suprême par leur propre jugement !

Recogitabo omnes annos meos in amaritudine animæ meæ.

Je repasserai toutes mes années devant Dieu dans l'amertume de mon ame. Isaie 38. 15.

ELLE est bien sage, mes chers enfans, cette coutume de se rendre compte en présence de Dieu de l'emploi de ses années! Elle est utile, elle est nécessaire même à votre âge! Hélas! c'est trop souvent à votre âge, mes chers enfans, que livré à toute la légéreté d'un esprit volage, à toutes les illusions d'un cœur inconstant, on vit.... que dis-je? On erre çà & là sans conseil, comme sans expérience; on court après les passions, impatient de porter des chaînes; on affronte tous les périls, on s'égarre enfin loin de ſon Dieu & de ſoi-même. Cependant les jours s'écoulent, les années s'accumulent, le temps paſſe; & la carrière eſt toute fournie que l'on n'a pas encore penſé qu'elle pouvoit finir!

Etonnante deſtinée de l'homme ſur la terre! La plus belle époque de ſa vie eſt preſque toujours celle où commence ſon malheur.

Puiſque telle eſt notre deſtinée, que *le juſte lui-même tombe ſept fois le jour*, Prov. 24, 16, du moins faut-il s'appliquer à connoître ſes chûtes afin de les pleurer. Ainſi Auguſtin pénitent exprimoit ſa douleur : que je me reconnoiſſe moi-même, ô mon Dieu! mais avec toute la méchanceté qui caractériſa mes premières années, avec toute l'ignominie de mes premiers penchans, toute la noirceur de mes délais; *noverim me Domine* : que je vous reconnoiſſe auſſi vous-même, Seigneur, afin que je ſache du moins, autant qu'il eſt poſſible à ma foibleſſe, tout ce que je dois à votre incompréhenſible patience, à votre adorable longanimité, *noverim te Domine.*

Voilà, mes chers enfans, la leçon analogue à cette cérémonie, & le modèle que vous devez ſuivre. Oſez donc à ſon exemple entrer en compte avec vous-mêmes, & entreprendre votre propre jugement en préſence du ſouverain juge; peſez vos premiers ans dans la balance de la religion; appréciez tous ces jours qui formèrent votre enfance. Quel fruit en avez-vous rétiré? Hélas! écoulés comme un ſonge, évanouis comme une ombre, à peine vous ont-ils laiſſé un ſouvenir confus. Votre carrière plus avancée a-t-elle été meilleure? Que vous en reſte-t-il maintenant pour votre conſolation ? Cette même année, que va-t-elle devenir ? bientôt ſemblable aux autres, elle ne ſera plus pour vous... Que dis-je ? elle ſubſiſtera toujours dans le livre éternel : il importe donc bien d'en connoître la valeur.... Fixez les quatre époques deſtinées par la religion à la ſanctifier ; dans l'une, elle vous invitoit à préparer la voie du Seigneur, à adorer avec elle le Dieu né dans une crêche ; dans l'autre, elle vous montroit un Dieu mourant & reſſuſcitant enſuite pour détruire l'Empire de la mort, & nourrir de ſa propre chair ceux qu'il avoit rachetés au prix de tout ſon ſang. Dans celle-ci, c'eſt un Dieu conſolateur qui éclaire tout eſprit, qui embrâſe tous les cœurs ; dans celle-là, un Dieu libéral, magnifique, qui ſe plaît à ajouter les biens du temps aux richesses de la grace; dans toutes, c'est un père tendre, toujours digne de vos hommages, toujours prêt à pardonner vos égaremens.

En la commençant, cette année, on vous avoit dit: le temps est un bienfait de Dieu, & le jour & la nuit appartiennent au Seigneur. Hé bien! n'en avez-vous joui que pour bénir leur auteur? A la voix de l'église avez-vous rendu droits les sentiers de l'homme Dieu? Une pénitence sincère vous-a-t-elle préparés à la pâque du Seigneur? Sanctifiés par l'esprit de Dieu, nourris, de la chair de Jésus, n'avez-vous point oublié que tout en vous devoit être saint? Chacun de ses bienfaits vous a-t-il trouvés disposés à la reconnoissance? En un mot, cette année qui expire, a-t-elle été pour vous une année de salut & de bénédiction ? Pour votre sûreté & notre consolation, pouvez-vous montrer vos progrès dans la vertu ? S'il en est ainsi... « Jours heureux, devez-vous vous écrier à la gloire éternelle de la divine bonté, instans à jamais précieux qui avez formé pour nous une année de sagesse ; vous du moins, vous n'appellerez point sur nos têtes les vengeances célestes : en terminant notre carrière, nous attacherons sur vous nos mourantes pensées, & la douce consolation naîtra au fond de nos ames ».

Mais si loin d'avoir acquis des vertus, vous avez contracté de nouveaux vices ; si d'affreuses chaînes avoient été formées ; si le soufle impur avoit infecté vos ames !... (Dieu ! que ce ne soit pas du moins par notre faute ! Ce crime seul seroit pour nous le plus grand de tous les crimes!) En un mot, si au lieu de richesses pour le Ciel, vous n'aviez amassé, pendant le cours de cette année, qu'un trésor de colère... Oh Dieu!... Des enfans à peine sortis de tes mains auroient pû te méconnoître à ce point! Comblés de tes carresses, ils outrageroient déjà leur père! Au mépris de ton amour, ils chercheroient de coupables plaisirs!

Mes chers enfans, rentrez donc en vous-mêmes, & voyez de combien de jours de crime est déjà formé le cours de votre vie. Ah! si celui-ci devoit être le dernier pour vous!... Les impies sont menacés de ne point voir la moitié de leur carrière: *impii non dimidiabunt dies suos*, Psalm. 54, 24, si ce terrible arrêt devoit s'accomplir sur vous. . . . . Vous ne le permettrez pas, ô mon Dieu, parce qu'ils sont vos enfans!

Votre cœur ſera touché par leur ſincère repentir : vous accorderez à leurs larmes des jours de pénitence : une année ſainte expiera les fautes d'une année criminelle ; & ils ne ceſſeront de bénir votre ineffable miſéricorde. Nous la bénirons, grand Dieu, avec eux : chaque jour de notre vie ce ſaint Temple retentira de nos cantiques de louange : *Pſalmos noſtros cantabimus cunctis diebus vitæ noſtræ in domo Domini.* Iſaie. 38, 20.

DISCOURS

Pour le premier jour de l'An.

Videte quomodò cautè ambuletis, non quasi insipientes sed ut sapientes, redimentes tempus, quoniam dies mali sunt. Ephes. 5. 15.

Marchez avec précaution, non pas comme des insensés, mais comme des sages, rachetant le temps, parce que les jours sont mauvais.

J'AUROIS tout fait pour votre bonheur, mes chers enfans, si je pouvois en commençant cette année, vous convaincre assez fortement de l'importance du temps. L'histoire me fourniroit une foule d'exemples fameux, d'impies profanateurs immolés en un instant à la colère de Dieu; de jeunes voluptueux enlevés au milieu de leurs infâmes débauches; de pécheurs de tout âge qu'un moment

ment de plus auroit vus ſous la cendre; j'interrogerois l'enfer & tout l'enfer me répondroit : c'eſt la perte du tems qui remplit ces abîmes. Mais il ne faut pas commencer un beau jour par de déſolantes penſées : il eſt d'autres remèdes à notre imprudence : nous pouvons devenir ſages à nos propres dépens.

Pourquoi cette dernière année eſt-elle devenue inutile pour pluſieurs d'entre vous, criminelle peut-être ? ſans doute parce que vous n'y avez pas aſſez penſé. Vous avez crû que le tems pouvoit ſe prêter à vos caprices, qu'il étoit ſoumis à vos combinaiſons. Chaque jour alloit mettre fin à vos délais : chaque ſemaine devoit réparer vos pertes ; & voilà qu'un vuide immenſe, un égarement fatal devient tout le réſultat de votre année.... Jeunes inſenſés ! Dieu ſeul peut fixer le temps. Méritez-vous un miracle?

Il faut donc profiter de ce tems, faire le bien pendant que vous le pouvez, croire à la lumière tandis qu'elle vous éclaire. Il faut, suivant le conseil du prophète, conserver le temps; *fili conserva tempus*, Eccl. 4. 23; c'est-à-dire, il faut être tellement en garde contre la rapidité du tems, contre l'incertitude du tems, par la solidité de vos réflexions, par l'importance de vos méditations, que rien ne soit donné au hasard, rien n'échappe à la foiblesse, rien ne soit commandé par la folie, *non quasi insipientes*, Ephès. 5. 15; & de manière qu'à quelqu'heure que vienne le seigneur, à quelque moment que passe l'époux, vous soyez prêts à lui rendre compte, en état de l'accompagner, dignes de la récompense promise au serviteur fidèle, *sed ut sapientes*, ibidem; &

non ſeulement il importe de bien apprécier le temps préſent, il eſt encore important de racheter le temps paſſé, *redimentes tempus.* Hélas ! vous n'en pouvez douter, mes chers enfans, il y a eu des jours mauvais, des jours malheureux de relâchement & de diſſipation; des jours de déſordre & d'inſubordination; le dirai-je?... des jours de ſcandale & de profanation. Voici la règle à ſuivre. Plus l'année dernière a été inutile pour votre ſalut, contraire à votre ſalut, plus vous devez travailler pendant celle-ci à vous ſauver, à vous perfectionner par la vertu, à vous ſanctifier par la religion. L'année dernière, vous diſiez : je me convertirai... Dites, cette année : ç'en eſt fait, mon Dieu, je me convertis. Je ne peux plus réſiſter à votre grace : le charme de votre bonté eſt trop puiſſant ; plus de plaiſir que celui de vous aimer, plus de bonheur que celui de vous poſſéder ; mais ſur-tout déſormais loin de vous tout délai ! .. Grand Dieu ! vous prononceriez contre eux ce foudroyant anathême : *tempus non erit amplius.* Apoc. 10. 7. Enfans ingrats, il n'y aura plus de temps pour vous... L'excès de votre inſenſibilité a trop outragé mon cœur ; votre carrière finira à peine commencée.... Ah plutôt ! que de longues années ſoient la récompenſe de grandes vertus ! Qu'ils croiſſent, ces chers enfans, en ſageſſe, comme en âge ! qu'ils vous craignent, qu'ils vous aiment dans le monde, comme au collége ! qu'ils vivent heureux ! Dieu Sauveur, Dieu victime, vraiment préſent ſur cet autel, vous applaudiſſez à mes ſentimens : vous bénirez mes vœux, les vœux les plus chers à mon cœur pour ces enfans ; vous bénirez le ſerment ſolemnel qu'ils font eux-mêmes de vous ſervir toute leur vie ; vous répandrez ſur leur carrière la paix & le bonheur ; chaque époque de leur vie leur rappellera quelque bienfait de votre part ; vous couronnerez vos dons de chaque année par de nouvelles bénédictions : *Benedices coronæ anni benignitatis tuæ.* Pſal. 64. 12.

DISCOURS
SUR LE BONHEUR.

ARGUMENT.

TOUT le monde parle du bonheur, & presque tous les écrivains se sont exercés sur cette matière. Une infinité d'opinions différentes connues (289), prouvent que les sentimens sont bien partagés. Nous avons cru d'autant plus raisonnable de placer le bonheur dans la paix de l'ame, que la religion & la nature semblent consacrer également cette opinion. Mais comment trouver la paix de l'ame? C'est la tache de la sagesse.

C'est donc par la sagesse qu'il faut apprendre aux jeunes gens à chercher la paix de l'ame, & ce qui est la même chose, le bonheur. Il faut sans cesse leur répéter que tout ce qui trouble l'ame rend malheureux,

& par conséquent qu'ils doivent, pour leur propre intérêt, craindre le désordre & détester le crime.

Ce moyen, seul propre à rétablir les bonnes mœurs & à procurer le bonheur général de la race future, l'éducation est coupable, si elle ne l'emploie pas, & à défaut de succès, des efforts continuels peuvent seuls la faire excuser.

Beatus homo qui in venit sapientiam.

Heureux l'homme qui a trouvé la sagesse. Prov. 3. 13.

Le bonheur! voilà l'objet de tous les vœux, le principe de toute convention sociale et la cause de tous les sacrifices.

Vous le desirez vous-mêmes, mes chers enfans, & vos parens le desirent pour vous. C'est pour vous rendre heureux qu'ils vous confient à nos soins; & c'est des fruits d'une bonne éducation, qu'ils attendent votre bonheur.

Touchante & ſublime tendreſſe paternelle, ah ! puiſſions-nous remplir votre eſpoir !

Où eſt donc le bonheur ? En quoi conſiſte le bonheur ? Chacun croit le ſavoir & preſque tous l'ignorent. Plaçons-le dans la paix de l'ame, c'eſt l'opinion la plus raiſonnable & la plus générale.

Mais par quel moyen l'acquérir & la conſerver, cette délicieuſe paix, cette ineffable paix, unique ſource du bonheur ? O mes chers enfans, adreſſez vos vœux à la vraie ſageſſe, aimez la vraie ſageſſe, aimez la lumière qu'elle répand. *Diligite ſapientiam, diligite lumen ſapientiæ.* Sug. 3, 21 & 22. Toutes ſes voies ſont paiſibles, elle ne parle que paix. *Pacifica & omnes ſemitæ illius pacifiæ.* Prov. 3, 17.

Ecoutez, mes chers enfans, & apprenez à devenir heureux.

Il ne faut pas confondre la vraie ſageſſe avec cette fauſſe philoſophie dont la trop funeſte fonction eſt de corrompre le monde par des ſiſtêmes impies & par une morale ſcandaleuſe. Tandis que celle-ci aux gages du menſonge, inſpire par-tout la licence & ſeme les déſolantes penſées ; la ſageſſe dont je parle, vouée à la bienfaiſance générale, travaille à rendre les hommes heureux en leur prodiguant les biens ineſtimables de la paix, dont elle eſt la diſpenſatrice.

La cauſe de tous nos malheurs eſt dans l'abus de nos paſſions ; & nous en abuſons, parce que nous ne connoiſſons pas nos vrais intérêts. A la faveur des ténèbres dont elles s'enveloppent, elles nous trompent ſur la nature de nos jouiſſances. Une fois les bornes de l'honnête franchies, elles nous ont bientôt égarés. Nos premières fautes conduiſent à l'excès, & l'excès ne tarde pas à devenir pour nous un état fixe de crime. Que nous ſommes à plaindre dans les mains de nos paſſions! Elles devroient nous conduire au bonheur, & nous ne ſommes malheureux que par elle.

On ne voit dans l'hiſtoire que des preuves affligeantes de cette vérité. Chaque ſiècle a eu ſes grands hommes, chaque peuple a eu les ſiens; à peine dans cette multitude de perſonnages fameux, peut-on diſtinguer un petit nombre qui n'ait pas été vaincu par ſes propres paſſions après avoir triomphé de celle des autres. Comme ſi l'homme ne pouvoit point être grand par tous les endroits, & qu'il fut condamné à porter toujours quelque trace de ſon ancienne dépravation, on diroit que plus il ſe montre ſupérieur aux ennemis du dehors, plus il faut qu'il devienne foible lorſqu'il s'agit de ſoi-même.

Maintenant qu'on nous demande pourquoi il y a ſi peu d'heureux, nous ne ſerons pas embarraſſés pour répondre ; c'eſt qu'il n'y a point de bonheur ſans la paix de l'ame, & que pour en jouir, il faut être maître de ſes paſſions, & que de tous les genres de victoires, celui-là eſt le plus difficile, celui qui coûte le plus & qu'il eſt ſi rare de remporter.

Vous le ſavez vous-mêmes, mes chers enfans : parmi vous ſe paſſent, quoiqu'avec moins d'importance, les mêmes ſcènes qui ont rempli l'hiſtoire des grands hommes, & qui occuperont dans la ſuite, le monde dont vous ferez vous-mêmes partie. Vous avez auſſi vos guerres à ſoutenir, vos victoires à remporter; & de vos ſuccès dépend la ſituation de vos ames, & conſéquemment votre bonheur. Hé bien, dans ces débats publics, ſuſceptibles à peine de quelqu'intérêt, votre cœur, ſemblable à une mer battue de la tempête, ne s'arme-t-il pas encore de toutes les prétentions de l'amour-propre? vos combats particuliers mettent-ils moins votre ame à l'épreuve? combien de honteuſes défaites atteſtent déjà, à votre âge, le pouvoir des paſſions, & combien de fois n'ont-elles pas troublé votre paix & fait diſparoître votre bonheur?

L'homme tout ſeul eſt donc trop foible contre les paſſions! il languit ou il ſuccombe tant que la vraie ſageſſe ne vient point à ſon ſecours; mais de ce ſéjour ſublime où elle aſſiſte aux conſeils du Très-Haut ; toujours en ſa préſence & puiſant ſa lumière dans ſon éternelle ſplendeur, jette-t-elle un regard de pitié ſur ſa déplorable ſituation. (Il me ſemble voir une mère tendre, dans les tranſports de ſa ſenſibilité, ſaiſiſſant au milieu de ſes maux l'objet de ſon amour, l'échauffant dans ſon ſein, & le rendant à la vie) ; telle la ſageſſe s'empare de l'homme digne de recevoir ſes leçons ; d'abord elle l'inveſtit de ſa doctrine bienfaiſante, & appuie ſa foibleſſe de la force de ſes loix. Tantôt elle porte des paroles de paix dans ſon ame agitée ; tantôt elle remplit le vuide de ſon cœur par de généreux ſentimens. Quel ſervice elle lui rend, lorſque lui montrant avec ce zèle dont elle brûle pour la gloire du Très-Haut, les ſuites funeſtes du vice & l'abîme où précipitent les paſſions, elle l'engage, elle le presse, elle le détermine à les combattre & à tout sacrifier pour parvenir à les vaincre.

Que j'aime à la voir éclairer la raison de l'homme en la rappellant à son auteur, lui montrer l'honnête & l'utile toujours inséparables, lui développer la chaîne des devoirs, & lui apprendre à sacrifier ses plaisirs, appeller la gloire un fantôme qui passe, & la fortune un souci qui reste! Que j'aime à l'entendre développer cette doctrine si intéressante: Ne pensez pas qu'il faille pour être heureux, ajouter à des jouissances de nouvelles jouissances; (c'est ainsi que vous l'ont appris les ennemis de ma gloire & de votre bonheur): ne pensez pas qu'il suffise de retrancher à vos desirs tout ce qui feroit une surcharge pour votre ame; (c'est ainsi que l'enseignoient les payens philosophes): ce n'est pas non plus à la nature ni à la raison à former votre bonheur. Leur providence est trop incertaine ! il faut donner à votre bonheur une source plus belle & une base plus solide ; celui qui donne la paix, mais une paix bien différente de celle du monde ; celui qui donne la liberté, mais la liberté d'enfant de Dieu. Qu'elle me paroît admirable, lorsque tout occupée à perfectionner la créature, elle lui propose pour exemple de cette rectitude qui doit régner dans sa conduite, la marche simple & toujours uniforme de la divine providence, pour motif de la sublimité de ses sentimens, la hauteur & la majesté de l'Être Suprême qu'elle doit imiter !

O sagesse ! quelle gloire tu répands sur l'espèce humaine, lorsque prenant dans leur état de misère les foibles mortels, & les arrachant à la baſſeſſe, tu les élèves au-deſſus d'eux-mêmes par la contemplation des vérités ſublimes, tu les conſoles de leur exil en leur parlant de leur Dieu. Parce que des méchans ont oſé proſtituer ton nom à la ſcience du crime, on voudroit calomnier ta bienfaiſance & méconnoître tes droits acquis aux hommages du monde.... Non, l'impiété ne réuſſira point dans ſes iniques prétentions. La religion que tu ſers, reconnoît ton influence, & c'en eſt aſſez pour ta gloire !

Remarquez, mes chers enfans, que c'eſt dans l'ordre éternel & dans les droits de l'Être Suprême, qu'elle puiſe ces idées d'ordre & de contrat ſocial & politique, ces motifs de dépendance & de ſubordination avec leſquels elle gouverne les hommes & travaille à les rendre heureux. De-là cette pureté, cette vérité dans ſa

doctrine,

doctrine, cette force, cette énergie dans ses principes que ne connurent jamais les anciens philosophes, & que connoissent encore moins les faux sages du siècle, trop dignes à cet égard qu'on leur applique cette parole de Tertullien : ils ne parlent que vertu, & ils sont esclaves des plus honteuses passions : *Leno est philosophus & censor.*

Remarquez encore que son premier but étant de rendre les peuples bons, en perfectionnant leur morale, de les rapprocher les uns des autres, par une commune bienfaisance, par une fraternité universelle, elle mérite véritablement de la société, elle appartient essentiellement à la religion, elle ne fait en quelque sorte qu'une avec elle, par le motif qui les anime & par la fin qu'elles se proposent.

Combien ne doivent pas lui donner d'empire ſur les paſſions, de droits ſur les cœurs, cette ſainte aſſociation, pour parler ainſi, ce zèle, cet enthouſiaſme qui la tranſporte pour le bien de l'humanité? Animée par de ſi ſublimes motifs, eſt-il des vices dont elle n'éloigne? eſt-il des paſſions qu'elle ne faſſe vaincre? Mère de l'émulation, quels efforts ne doit-elle pas inſpirer! Amie de la vertu, avec quels traits aimables ne peindra-t-elle pas les récompenſes qu'elle prodigue! Le plaiſir d'être bon, le deſir d'être utile, tout ce qu'elle procure de jouiſſances ſolides pour le temps, tout ce qu'elle promet de biens ineffables pour l'avenir!

Ah! il ſuffit donc de mettre en pratique les leçons de la ſageſſe, pour jouir du calme des paſſions, pour goûter les douceurs de la paix; affable & inſinuante, elle invite à la confiance, elle inſpire l'intérêt; ſenſible & généreuſe, elle porte à la clémence, elle conſeille la douceur; à ſes yeux on peut avoir des torts, ſans être coupable, & on mérite le pardon par-là même qu'on le demande. Pour avoir ſon ſuffrage, il faut ſervir les hommes; pour être aimé d'elle, il faut les rendre heureux : on ne peut l'entendre ſans devenir meilleur; on ne peut la pratiquer ſans être heureux ſoi-même.

Et comment ne ſeroit-on pas heureux? Avec elle on poſſède tous les biens à la fois. Les richeſſes près d'elle ne ſont que comme de la boue. *Tanquam lutum æſtimabitur argentum in conſpectu illius*. Sag. 7. 9. Elle ſurpaſſe en beauté tous les aſtres enſemble; & tout ce qui brille dans le monde ne brille que de ſon éclat. De nation en nation elle paſſe dans les ames ſaintes, Dieu n'aime que ceux qu'elle aime, & ne favoriſe qu'eux : *Per nationes in animas ſanctas ſe transfert.* Image de ſa bonté, elle eſt l'appui du foible au ſein de l'affliction ; elle donne les grands courages pour vaincre dans les combats. Jamais aucune prudence n'a égalé la ſienne, jamais aucune malice ne l'emporta ſur elle : *Sapientiam non vincit malitia.* Sag. 7. 30. La ſcience & la juſtice, l'innocence & la paix, on ne les a que par elle ; elle donne la ſeule vraie gloire & le ſeul vrai plaiſir, la bonté, l'honneur & l'immortalité.

Pourquoi cette foule de crimes qui trouble l'eſpèce humaine, cette horde d'égoïſtes qui étouffe le zèle public, mille & mille vexateurs qui ſucent le ſang des peuples ? Pourquoi voit-on par-tout la haine, les jalouſies, l'envie de nuire aux autres, le desir d'être seul heureux ? Pourquoi la nature entière destinée au bonheur, entend-elle soupirer, ne voit-elle que des pleurs ? C'est que ne respectant plus la religion d'un Dieu bon, on ne respecte pas même les droits de la sagesse. Le plaisir est l'idole & *le moi* le seul Dieu.

Que l'ordre soit rétabli, que la sagesse domine ; alors les hommes heureux de leur seule vertu, ne se tourmenteront plus pour de brillans fantômes. On ne connoîtra plus qu'un intérêt, l'intérêt de tous. Il n'y aura qu'un bonheur, le bonheur commun.

Tels sont, mes chers enfans, les biens inestimables que procure la sagesse. C'est ainsi que le ciel s'est plu à nous les peindre. Formé à son école, on ne redoute rien. On est toujours heureux, parce qu'on est toujours bon.... Placez le sage dans ces situations critiques, où les autres se démentent. Lui seul ne se démentira point, il sera toujours le même. L'éblouissante prospérité! ne craignons rien de la part du sage; pour lui, jouir de la fortune, c'est compter des heureux & goûter le plaisir, c'est le faire partager. Tout ce qui l'environne est heureux comme lui, sa fortune est à tous; pour y avoir des droits, il suffit de souffrir. Que pourra la vaine gloire contre une si belle ame! Le seul titre qui le flatte, c'est d'être utile aux hommes; lui parler de grandeur, ce seroit l'outrager. Son cœur ne sait point s'enfler, ni son esprit s'enorgueillir; il jouit de son élévation, mais il n'en est point ébloui, il la verroit disparoître comme il l'a vu arriver.

Aimez-vous mieux voir le sage dans la médiocrité? Cette situation, j'en conviens, semble laisser moins à faire à sa modeste vertu. Éloigné des excès, à l'abri du besoin, l'ame tranquille & paisible, il voit couler ses jours au sein de la confiance. Dans son humble réduit, on n'entend point médire, on ne voit point l'envie ; la nature lui sourit, & le ciel qu'il habite, ne connoît point d'orage. Malgré toutes ces brillantes peintures, on a besoin encore de veiller sur son cœur. L'œil se porte quelquefois sur une fortune meilleure ; quelquefois l'abondance fait entendre les éclats de sa joie insultante ; & savoir se contenter est une chose si rare ! Disons-le donc, ce n'est pas sans raison que les poëtes, en peignant le bonheur dans la médiocrité, y ont placé un sage.

Mais il est dans la vie des situations pénibles, & le sage lui-même n'est point exempt de malheur. Trop souvent, au contraire, il est perse cuté; ce qui écrase les autres, fait briller celui-ci. C'est devant le malheur que sa grande ame se déploye toute entière. Rappellez-vous, mes chers enfans, tout ce que vous avez jamais entendu de plus admirable sur la constance du sage : l'injustice l'accablant, les revers fondant sur lui ; plus encore, l'affreuse calomnie le perçant de ses traits, & le sage opposant le seul calme de la vertu. Toute la fureur des hommes se déchaînant contre lui, l'univers s'écroulant & le sage immobile. Toutes ces brillantes suppositions n'étoient que de vains mots. La philosophie payenne fut toujours foible dans ses moyens; mais dans les principes d'une providence éternelle, ces mots annoncent des sentimens sublimes, le juste qui craint son Dieu & qui n'a point d'autre crainte. Oui, le vrai sage, par la seule force de sa vertu, peut faire face à tous les malheurs, & les ſurmonter tous. Il ne dira point, comme ces inſenſés ciniques, la douleur n'eſt point un mal. Il laiſſera à la nature ce qui appartient à la nature; mais tout le reſte, il le ſouffrira en héros. Si l'excès du mal épuiſe ſa belle ame, il invoquera le Très-Haut, & en périſſant, s'il le faut, il bénira ſa providence... Le ſage périr! qu'ai-je dit. Tu ne ſerois donc plus, grand Dieu, ou tu l'aurois trompé! Loin de nous tant de blaſphémes: le ſage doit être heureux, ou la vertu n'eſt rien.

Croyons, mes chers enfans, que ces tableaux que nous venons de tracer, ne ſont point imaginaires, que ſi la ſageſſe n'a pas ſur les hommes tout l'empire qu'elle devroit exercer, il exiſte cependant, il exiſte de vrais ſages que rien n'éblouit,

& que rien n'étonne, ſur leſquels les promeſſes & les menaces ſont également impuiſſantes. Quel heureux préſage ſemble renaître pour le règne de la ſageſſe ! Si elle eſt bien entendue, avec quel ſaint tranſport on verra la nation reprendre ſon ancien luſtre, par l'ordre & la vertu devenir triomphante, redoutable au-dehors & paiſible au-dedans.

Hélas ! peut-être enfin (& devons-nous en douter ?) on ſentira que la pudeur a des droits, que le culte divin doit être reſpecté, qu'un état eſt ſans force lorſque le vice domine, que la misère publique annonce toujours le crime. Peut-être portant un œil d'indignation ſur l'incrédulité publique, forcera-t-on l'impie à reprendre les dehors d'une foi qu'il n'a plus ; peut-être attaquant dans ſa ſource la corruption générale, condamnera-t-on tout libertin ſcandaleux à cacher ſon opprobre & à montrer de la honte. Bientôt naîtroit, ſans doute, un nouvel ordre de choſes. Toute cauſe de malheur diſparoîtroit par-tout. La nation deviendroit heureuſe, parce qu'elle deviendroit ſage. Sublime ſageſſe ! opère cette belle régénération, & tu ſeras à jamais la bienfaitrice de la France.

Livrons-nous, mes chers enſans, à ces douces penſées. Il eſt permis de charmer ſes peines par l'idée d'un ſort meilleur ; mais en même temps que vous rendrez à la ſageſſe ce tribut de votre admiration, concevez un vif deſir de vous former à ſon école. Deſtinés à parcourir une carrière importante, que deviendrez-vous ſi elle ne dirige vos pas ? Expoſés tous les jours aux ſuggeſtions des perfides, votre unique reſſource ne ſera-t-elle pas dans ſes lumières ? Que vous ſerez heureux ſi vous la conſultez ! que vous vous ſaurez bon gré de l'avoir priſe pour guide !

Commencez donc à vous livrer avec ardeur à cette divine étude. Ici on vous doit des principes & même des exemples ; mais vous devez auſſi par l'émulation du bien, ſatisfaire à nos vœux, encourager notre zèle. Souvent on vous peindra l'amour de la ſageſſe, l'avantage d'aimer l'ordre & la gloire d'être utile. Mais que deviendront ces leçons, ſi vous n'ouvrez vos ames aux avis ſalutaires, ſi votre cœur n'eſt docile, ſi vous ne voulez être ſages ! Les leçons ſeront perdues, & vous ſerez coupables. Non, de ſi précieuſes reſſources ne peuvent être inutiles. Vous avez trop admiré avec nous les prodiges de la ſageſſe ! Vous voudrez à votre tour, ſervir vous-mêmes d'exemples, & reſſembler à ceux que nous avons dépeints.

Ah! écriez-vous donc, mes chers enfans, dans les brûlans tranſports qu'elle vous inſpire elle-même : « Fille du ciel, ſublime ſageſſe, répands dans nos jeunes ames cette ſemence du bonheur, la crainte du Très-Haut avec l'amour des hommes; apprends-nous à adorer l'un & à ſervir les autres; fais-nous ſentir les charmes de ſi belles fonctions; aſſure ton ouvrage, rends-nous maîtres de nos cœurs & libres de nos paſſions. Que la raiſon commande & que le vice ſe taiſe; que toujours la vertu nous réponde de la paix; & pour combler nos vœux par la reconnoiſſance, ajoute à notre bonheur celui de nos parens! »

IIme. DISCOURS

SUR LE BONHEUR.

ARGUMENT.

Il eſt une paſſion qui s'oppoſe, plus que toutes les autres, au bonheur des jeunes gens, & c'eſt celle qu'il faut le plus indirectement combattre. Tous les moyens doivent être mis en uſage; aucun ne doit paroître. Sans ceſſe il faut lui livrer quelque nouvel aſſaut; toujours ſans qu'elle s'en apperçoive. Cette paſſion s'aigrit par la réſiſtance; c'eſt à ſon inſu, en quelque ſorte, qu'il faut la vaincre, oſer ſeulement la nommer, ce ſeroit tout perdre.

Le ſuccès dont je parle eſt le plus néceſſaire de tous. Le premier devoir de l'éducation, eſt donc de travailler à le procurer. Combien cette tâche eſt difficile à bien remplir! & combien nous ſerions heureux, ſi à force de précautions, si à force de sacrifices, nous réussissions à prévenir tous les dangers, à arrêter tous les ravages dont cette affreuse passion remplit la carrière des jeunes gens!

Du moins osons croire que nous avons senti sur cet objet, toute l'importance de notre ministère. C'est la fin que nous nous proposons dans ce discours. Puisse-t-il, en rappellant aux parens les malheurs infinis qui menacent leurs enfans, exciter de plus en plus leur attention paternelle, & les convaincre fortement de la nécessité, pour eux, de soutenir les effets de notre zèle par le leur!

Contritio & infelicitas in viis eorum, & viam pacis non cognoverunt. Psalm. 13. 3.

Les voies des méchans sont semées de peine & de malheur, & jamais ils n'ont connu la paix.

NOUS venons de le voir, mes chers enfans, le bonheur consiste dans la paix de l'ame; & il n'appartient qu'à la vraie ſageſſe de le donner... qu'il ſera bien différent, le perfide langage que ne ceſſera de vous faire entendre, dès votre entrée dans le monde, une foule de libertins! auſſi ennemis de la raiſon que de la religion, ils oſeront s'écrier : banniſſons toute crainte, livrons-nous aux plaiſirs, voilà le vrai bonheur : tout le reſte n'eſt rien : *comedamus & bibamus, cras enim moriemur.* Iſa. 22, 13.

A la faveur de ces idées flatteuſes, on tâchera de remplacer les anciens principes par des opinions nouvelles. Au joug de la religion on ſubſtituera une fauſſe liberté; & le plaiſir exalté ſous mille formes diverſes, paroîtra ſeul digne d'être l'idôle de l'homme, & de faire ſon bonheur.

Oh! qu'il importe, mes chers enfans, pour votre tranquillité & celle

celle de vos parens, qu'une ſolide éducation vous apprenne & vous accoutume à déteſter une pareille doctrine, en vous convainquant que ſi tout eſt créé pour l'homme, l'homme lui-même n'eſt créé que pour Dieu ; & que quiconque veut être heureux indépendamment de Dieu & contre les vues de Dieu, doit, tel que ces hommes corrompus dont parle le prophète, ne trouver dans ſes jouiſſances, pour prix de ſa rébellion, que peine & malheur, trouble & inquiétude ; *Contritio & infelicitas in viis eorum, & viam pacis non cognoverunt.* Développons cette penſée.

Rien de plus inſenſé, rien de plus injuſte que l'opinion des libertins ſur la nature du bonheur. Ils veulent qu'on puiſſe ſe livrer à toute la fougue des paſſions, ne rien refuser à ses penchans, vivre dans une entière licence, & cependant conserver toujours la paix de son ame & être toujours heureux. Quelle contradiction fut jamais si étonnante !

En effet, comment ce qui dégrade l'homme aux yeux de la raison, ce qui l'avilit à ses propres yeux, ce qui livre son cœur à la plus affreuse guerre intestine, ce qui fait de son ame comme un repaire d'autant de bêtes féroces qu'il y a de passions qui s'y déchaînent, comment la cause de tant de maux, de tant de crimes, pourroit-elle devenir un moyen de paix & une source de bonheur ? On pourroit donc abuser indignement de la nature, & être heureux ! Etouffer le cri de la religion, de la raison même, & être heureux ! On seroit heureux, en violant les loix les plus respectables, en sacrifiant les droits les plus sacrés ! Ils étoient donc heureux, ces insensés libertins, lorsque pour satisfaire d'abominables projets, ils bouleversoient les empires & faisoient couler le sang des hommes. Plus leurs infames plaisirs avoient coûté de larmes & entraîné de désolation pour l'espèce humaine, plus donc ils étoient heureux ! plus ils goûtoient de bonheur ! Non, le bonheur suppose une belle ame, & le vil esclave des passions est un méchant, & il n'est point de bonheur pour les méchans. *Contritio & infelicitas in viis eorum.* Ibidem.

Il faut bien que cette vérité soit fortement exprimée par la nature, il faut que ce soit un dogme bien impérieux sur la conscience, puisque les payens eux-mêmes décidoient & enseignoient hautement qu'un homme maîtrisé par ses pasſions, ne pouvoit être heureux, & que la paix de l'ame & la vertu ſeule faiſoient le vrai bonheur.

Les paſſions ſeroient-elles devenues moins mépriſables & moins turbulentes? Ou le bonheur auroit-il changé de nature? Non ſans doute, mes chers enfans, le crime rend toujours malheureux; dès qu'il exiſte, il porte avec lui ſon ſupplice. Indépendamment de toutes les loix, l'homme coupable eſt un homme malheureux; il n'eſt pas plus poſſible qu'il méconnoiſſe impunément le ſouverain domaine de Dieu, qu'il ne ſe peut que Dieu renonce à exercer ſon empire ſur lui. Tout ce qui détruit l'ordre eſt un crime, & tout crime bannit la paix, & ſans la paix point de bonheur: *Viam pacis non cognoverunt.* Ibidem.

L'ordre éternel exige que la créature ne puiſſe être heureuſe en s'éloignant du créateur. Autrement elle ne dépendroit plus, elle feroit autant que Dieu ; fa fouveraineté confifte principalement en ce qu'aucun être ne peut être heureux par foi-même ; & que lui eft le principe & la fource de fon bonheur. Prétendre, à force de lutter contre lui, brifer cette chaîne de dépendance que fa main a formée, c'eft vouloir que l'effet ne tienne plus à fa caufe, que l'être ceffe de fe porter vers fon centre : ce qui eft une monftruofité dans l'ordre moral comme dans l'ordre phyfique.

Que deviendroit l'ordre focial, fi les libertins étoient heureux ? l'exemple feroit trop contagieux. Leurs plaifirs font prefque toujours des attentats contre les mœurs publiques. Epuifés par les excès, ils font incapables de concevoir des fentimens patriotiques ; ils peuvent à peine aſſez vivre pour eux-mêmes. Comment vivroient-ils pour les autres ? Livrés au plus vil égoïſme, ce ſont des peſtes pour la ſociété, des membres gangrénés qui infectent le corps ſocial.

Je dis plus, pour l'honneur de l'humanité, le trouble & l'agitation doivent pourſuivre par-tout le libertin. Toutes ſes voies iniques doivent être ſemées de douleurs. Sans ceſſe l'image du créateur qu'il dégrade, doit ſe préſenter à lui avec les traits de la mort. Que dirai-je du caractère ſacré de chrétien ! de tant de conſécrations ſaintes qui diviniſèrent en quelque ſorte ſa perſonne ! Rappellerai-je ces auguſtes inſtans où le ciel lui-même ſembloit envier ſon bonheur !... O Dieu ! ſe peut-il que tant d'ingratitude ne rende pas malheureux !

En vain les ennemis de Dieu voudroient ſe former de leur audace un rempart contre les vengeances céleſtes. Que peut contre Dieu la folie des humains! l'univers périroit mille fois plutôt que ſon nom manquât d'être vengé. Afin qu'on ne pût jamais ignorer l'étendue de ſon pouvoir, il a voulu que l'homme portât par-tout avec lui la cauſe de ſon malheur; & c'eſt à ſon cœur même qu'il a confié le ſoin de le venger. Nuit & jour ſa conſcience veille, & des penſées meurtrières ſont toujours prêtes à fondre ſur lui. *Cogitationibus accuſantibus.* Rom. 2. 15.

On peut s'en impoſer, qui en doute? on peut, ſemblable à cet impie dont parlent les livres ſaints, ſe croire égal à Dieu, & jouiſſant du bonheur comme lui; mais un bonheur contraire aux droits de Dieu, peut-il durer? Le ſable mouvant eſt-il plus tôt emporté par un ouragan furieux, qu'un bonheur qui n'exiſte que dans l'imagination, ne paſſe? Que dis-je, peut-il un moment exiſter? L'ame trompée dans ſon attente retombe bientôt ſur elle-même. A l'ivreſſe ſuccède la raiſon; & plus elle avoit cru trouver de bonheur, plus elle ſent le vide qui la tue. Ne pouvant ſupporter ſon tourment, cherchera-t-elle, par un nouvel égarement, à jouir de ſon indépendance? Mais par-tout la main de Dieu l'arrête. Si elle veut ſe réfugier dans les cieux, elle y trouve le ſeigneur; ſi elle deſcend dans les abîmes, le Seigneur y eſt encore. Sans ceſſe cherchant les ténèbres, & par-tout environnée de lumière, toujours affectant le bonheur & ne pouvant jamais le goûter. Quel ſupplice!

Dieu peut bien permettre que l'erreur étende ſon empire, que le ſcandale ſe propage : *Neceſſe eſt ut veniant ſcandala.* Il entre même dans le plan général de ſa providence, que de faux ſages ſéduiſent les peuples en promettant la paix, *pax*, *pax*. Jér. 6. 14; mais il ne permettra pas, & il ne peut pas permettre que cette paix ſe réaliſe : *Et non erat pax.* Il agiroit contre les intérêts de ſa gloire, ce qui répugne. Par cette paix, & tout ce qui eſt dit de ſemblable dans les ſaintes écritures, il faut entendre cet aveuglement d'eſprit, cet endurciſſement de cœur dont il frappe quelquefois dans ſa colère les ennemis de ſon nom. La paix des méchans, lorſqu'elle paroît la plus réelle, n'eſt qu'un ſommeil de mort dont le réveil eſt terrible : *Contritio & infelicitas in viis eorum.*

Ainſi quelques efforts que faſſe l'impiété pour trouver un adouciſſement au ſort des libertins, quelqu'erreur qu'elle imagine, quelque chimère qu'elle compoſe; toujours les libertins ſeront leurs propres bourreaux à eux-mêmes; toujours agités de mille deſirs, toujours troublés par mille craintes, laſſés par les jouiſſances, aigris par la ſatiété, épuiſés par les remords, déſeſpérés par leur impiété même, ô Dieu! qu'il eſt bien vrai que le cœur de l'homme ne peut trouver ſa tranquillité que dans ton ſein, & que partout ailleurs il ne rencontre qu'inquiétude & affliction! *Inquietum eſt cor noſtrum donec conquieſcat in te.* Saint Auguſtin.

Et ce n'eſt point ici, mes chers enfans, une peinture exagérée. Qu'on ouvre l'hiſtoire de ces impies, de ces fameux libertins. Quelle vie abominable & quelle fin déſaſtreuſe! L'adulation, tout hardie qu'elle eſt, n'a pas osé nous en citer un seul qui ne fût malheureux. Chaque siècle & chaque année même ne nous fournissent-ils pas en ce genre de grands exemples & des leçons terribles ? Si le malheur ne se produit pas toujours avec le même éclat, il n'en est pas moins réel ; & pour être caché avec plus d'art, il n'en est que plus accablant. Qui jamais, & nous en défions l'impiété appuyée de toute son audace ; qui jamais a lutté contre Dieu sans perdre sa paix & par conséquent son bonheur ? *Quis restitit ei & pacem habuit?* Job. 9. 4.

Mille fois on a tenté d'arracher le libertin à ses craintes en le couvrant de toutes parts de l'égide du mensonge ; mille fois, à force de le familiariser avec le mépris de soi, de semer dans son ame de désolantes pensées, on a voulu lui persuader que l'espérance étoit vaine, que le tombeau mettoit fin à tout. Que n'a-t-on pas même fait pour allier ensemble la bonne foi & l'incrédulité ? Y a-t-on réussi ? Hélas ! mes chers enfans, car il faut malgré nous, vous rapprocher de votre siècle, que ne fait-on pas, sur-tout aujourd'hui, pour étouffer au fond des consciences l'espoir de l'avenir ! Ce doux espoir qui nourrit la vertu & tient lieu au juste, de tous les biens qu'il n'a point, l'espoir de l'avenir, l'aiguillon des grandes ames, le mobile des grandes choses, la gloire du genre-humain, le soutien des empires ! Ose-t-on paroître, y croire, encore moins en parler ?... mais quand l'impiété réussiroit à faire adopter par-tout l'affreux dogme du néant, le méchant en seroit-il plus heureux ? non sans doute. Le méchant n'est pas seulement comptable envers la providence éternelle. Le plus grand bienfait de la divinité, le plus cher à son cœur seroit méconnu dans l'univers, l'homme seroit condamné à périr comme la bête, que le méchant ne pourroit goûter aucune paix dans ses désordres. Au défaut de l'enfer, la terre crieroit vengeance; & toutes les créatures suppléeroient à la religion & se déchaîneroient contre lui. *Contritio & infelicitas in viis eorum.*

Vous ne pouvez donc plus douter de cette vérité d'expérience, mes chers enfans, il n'est point de bonheur pour les libertins. Ils sont malheureux, *contritio & infelicitas in viis eorum.* Nous devons croire que vous en êtes persuadés; mais en est-ce assez pour nous rassurer sur votre sort? Et pouvons-nous vous laisser ignorer tout ce que peut pour vous perdre, un monde impie & libertin?... On croira & l'on ſe vantera même de croire qu'il n'y a de bonheur à attendre que dans les plaiſirs. On s'enhardira, on s'excitera même mutuellement à ſe livrer aux plus ſales voluptés. *Nemo noſtrum exors ſit luxuriæ noſtræ : ubique relinquamus ſigna lætitiæ : quoniam hæc eſt pars noſtra, & hæc eſt ſors.* Sag. 2. 9. Le bonheur dans le crime ! oui, mes chers enfans, & je le dis avec larmes : tel eſt le malheur qui vous attend. Vous entendrez, hélas ! peut-être combien de fois ! vous entendrez de jeunes impudens préconiſer les plus coupables excès, & publier même groſſiérement une conduite criminelle qui les couvre d'opprobre. Sans doute toute l'énergie de votre belle ame ſe ſoulevera en ce moment pour venger la ſainte pudeur & conſoler la religion ; mais de combien de traits aimables & de ſaillies piquantes ne feront pas aſſaiſonnées ces maximes perverſes ? Complaiſance même, adulation, charme du langage, charme de l'amitié, tout ſera mis en uſage pour gagner votre confiance. Plus le poiſon ſera mortel, plus on aura ſoin qu'il ſoit préſenté dans une coupe d'or, *venenum in auro bibitur*. Le moyen de réſiſter à la ſéduction ! Comment échapper à tant de piéges ! Ah ! mes chers enfans, c'eſt ici qu'une éducation ſolidement chrétienne devient importante ! elle ſeule peut vous ſauver. C'eſt à elle à ſuppléer pour vous à l'inexpérience. Sans cela il vous arriveroit ce qui arrive à tant d'autres. A peine entré dans le monde, on veut s'inſtruire & on ne ſoupçonne point le mal. On compare ce qu'on entend dans les cercles & ce qu'on a appris au collége. On balance les avantages, on n'oſe ſe décider. On écoute encore, on eſt déjà victime de ſa curioſité.

Voilà la marche ordinaire & la fin trop malheureuſe où aboutit notre zèle. Le langage ſéducteur des libertins détruit en un inſtant nos plus belles eſpérances. Que conclure? qu'il faut gémir & ſe contenter d'avoir fait ſon devoir! Oh! qu'une telle conduite eſt bien loin de ſatisfaire le vrai zèle!.. Non, non, mes chers enfans, nous ne ſouffrirons pas que les bons ſentimens que vous puiſez dans cette maiſon, périſſent ſi facilement. Nous devons prouver qu'une ſainte éducation a quelque pouvoir; & que ce n'eſt pas envain qu'une jeune ame ſe nourrit chaque jour des principes de la vertu. Plutôt que de laiſſer aux ennemis de la piété une victoire trop facile, il faut, ſuivant le conſeil du ſage, préparer ſon ame à la tentation, & ſe roidir

roidir de toute manière contre le tentateur. Si l'on doit être aſſez malheureux pour céder, il faut du moins que les libertins ſachent qu'il en coûte pour triompher de la vraie vertu.... O mes chers enfans! c'eſt vous que je veux défendre : joignez-vous donc à moi ; & formons enſemble une ligue redoutable au libertinage !

D'abord, apprenez & accoutumez-vous à connoître les armes que doivent employer contre vous les ennemis de votre bonheur. Le plaiſir ! mais tel que la licence le permet, tel que la nature dépravée le procure, tel qu'un cœur corrompu peut le goûter. Le plaiſir ! mais avec toutes les agitations qui le préparent, avec toutes les craintes qui l'accompagnent, avec tous les remords dont il eſt ſuivi. Le plaiſir enfin ! mais acheté aux dépens de ſon honneur, de ſa liberté, quelquefois de ſa vie même; acheté au prix de ſa conſcience, de ſa raiſon, au prix de ſon ame, de ſon éternité. Ceci vous révolte, mes chers enfans; & vous ne concevez pas qu'on puiſſe acheter ſi cher le plaiſir. Or voilà ce qu'il faut concevoir & bien concevoir; ou vous ſerez infailliblement perdus: je veux dire que ſi vous écoutez les libertins, que ſi vous fréquentez tant ſoit peu, une ſeule fois même, les libertins; que ſi au contraire vous ne déteſtez leurs diſcours, vous ne fuyez avec horreur leur préſence, ils viendront à bout de vous aveugler tellement ſur vos vrais intérêts, que vous ne ſerez plus en état de diſtinguer ni la honte & l'infamie des plaiſirs qu'on vous promet, ni l'étendue des ſacrifices abominables qu'on exige de vous: vous ne verrez que plaiſir, que bonheur; & vous ſerez tombés dans l'abîme, que vous croirez à peine être malheureux. Il faut donc que la défiance, une défiance continuelle & réfléchie vienne au ſecours de votre inexpérience : une défiance d'autant plus continuelle, d'autant plus réfléchie, que ſans ceſſe vous ſerez expoſés à être ſéduits, qu'à chaque inſtant vous ſerez environnés de ſéducteurs. Vous marcherez, s'il eſt permis de le dire, avec votre ſéduction même : *Cave tibi, quoniam cum ſubverſione tuâ ambulas.* Eccl. 13. 16.

Ce n'eſt pas aſſez, il faut qu'à meſure que vous avancerez en âge, à meſure que le terme de votre éducation doit arriver, il faut, dis-je, que votre habitude de la défiance, votre amour pour la défiance (en matière de mœurs & de religion), augmente & s'accroiſſe avec vous : ce n'eſt pas tout, il faut que vous

vous accoutumiez tellement à redouter les paroles mensongères des impies, à adresser en conséquence différentes prières à l'Etre Suprême, conservateur & vengeur de l'innocence, que l'idée seule de libertin & de libertinage, désole votre raison & afflige votre belle ame, porte l'effroi dans votre conscience & rassure ainsi votre vertu : *Verba mendacia longè fac à me Domine.* Prov. 30. 8.

Alors votre inexpérience éclairée & appuyée par les ressources de la sagesse, laissera peu de moyens au tentateur ; & votre foiblesse même, loin d'assurer son triomphe, deviendra pour lui un sujet de confusion: parce vous aurez tourné en votre faveur tout ce qui étoit contre vous, parce que vous vous serez servi de la connoissance de ses avantages, pour les rendre inutiles à force de précautions, vous vaincrez, mes chers enfans, vous conſerverez votre vertu, vous demeurerez toujours libres !

Si quelqu'un de ceux qui m'entendent, croyoit que c'eſt acheter trop cher de ſi belles eſpérances... Infortuné, m'écrierai-je ! la tendre vertu n'aura donc plus bientôt de charmes pour vous, ni la ſainte pudeur ne recevra plus vos hommages. Le doux plaiſir de conſoler les vieux jours de ces reſpectables auteurs de votre être, va donc être bientôt ſacrifié à des plaiſirs groſſiers & barbares ! & ils n'auront point pour prix de leur amour, la ſatisfaction de penſer qu'ils confient leurs derniers ſoupirs à un cœur innocent ! .... Y penſez-vous donc, mon cher enfant ? quoi à un heureux avenir, vous préféreriez le ſort des méchans ! vous vous condamneriez à ſubir toutes les tranſes du crime, à dévorer des remords toujours renaiſſans, à traîner dans l'opprobre une vie plus terrible mille fois aux yeux du ſage, que la mort même!... & tant de maux & de malheurs, pour quelques honteux plaiſirs qui paſſent, pour d'infâmes inſtans d'ivreſſe qui bientôt ne ſont plus!

Une telle conduite ſeroit-elle concevable? ſeroit-elle même poſſible, au milieu de toutes les reſſources de la vertu? Il faudroit ſans ceſſe combattre les bons principes, combattre les bons exemples, contredire ſa raiſon, étouffer ſa conſcience; c'eſt-à-dire ſe préparer à tous les malheurs de l'avenir par tous les malheurs du préſent. Grand Dieu! qu'il partage les nobles ſentimens qui animent ſes condiſciples! quil redoute les libertins & leurs diſcours enchanteurs! Comme eux, qu'il renouvelle ſans ceſſe le généreux deſſein de les ſuir toute ſa vie, comme on fuit des ſerpens ! Enfin tous réunis par le deſir du bonheur, qu'ils le trouvent dans la ſageſſe, qu'ils méritent de le conſerver & d'en jouir toujours dans le monde comme au collége !

DISCOURS

A l'occaſion des Prières publiques ordonnées, conformément aux intentions du Roi, le Très-Saint-Sacrement étant expoſé.

ARGUMENT.

PAR une ſuite de nos principes, nous avons dû faire connoître à nos élèves la touchante invitation du roi à ſes ſujets.

Expoſés par leur légereté naturelle à prendre ſur ces grands objets de vagues impreſſions, ou même à mal interpréter les ſentimens publics; il eſt de la prudence de fixer leurs idées par des rapports vrais & fidèles, & d'empêcher ainſi qu'il n'entre dans leurs jeunes ames aucun menſonge politique.

D'ailleurs, en leur faiſant part des

maux qui affligent la patrie, nous pouvons attacher leur intérêt personnel à l'intérêt général, & par-là doubler leur sensibilité, & nourrir dans leur cœur ce penchant si doux de la reconnoissance.

Développer de tels principes, quand l'occasion s'en présente, est aujourd'hui, plus que jamais, pour l'éducation, un devoir essentiel qu'elle ne peut se dispenser de remplir.

Et nunc orate Deum omnium. — Det nobis jucunditatem cordis & fieri pacem in diebus nostris. Eccl. 50. 25.

Maintenant sur-tout priez le Dieu de tous, qu'il répande la joie dans nos cœurs, & qu'il fasse régner la paix parmi nous.

LE motif qui nous rassemble, mes chers enfans, est une grande leçon pour votre âge. Pourquoi le meilleur des rois, le plus digne d'être heureux, veut-il qu'on annonce dans toutes les parties de son empire la profonde douleur, la ſenſible affliction dont ſon ame eſt pénétrée ? Ah ! c'eſt que malgré le dévouement le plus généreux & le plus patriotique, malgré des ſacrifices qui étonneront l'univers, il voit ſon peuple toujours malheureux. Au lieu de cette douce paix, de ces heureux tranſports qui devroient être le fruit de la liberté générale, c'eſt le deuil & la défiance, c'eſt le trouble & le déſordre qui règnent par-tout.

Pour mettre fin à tant de maux qui déchirent ſon cœur depuis trop long-temps abreuvé d'amertume, il prie, il conjure tous les François de former avec lui des ſupplications ſaintes, des vœux ardens dignes d'être exaucés du Très-Haut, & d'attirer ſur le royaume ſes bénédictions.

C'eſt dans ces vues ſi pieuſes, ſi convenables au roi très-chrétien, qu'il réclame les reſſources de votre piété, mes chers enfans; déjà vous avez été invités de sa part à former des vœux en faveur de sa tendresse paternelle. (Hélas! vos vœux ne furent point exaucés!) Espérons que cette fois, le ciel se montrera plus propice aux cris de votre innocence, & qu'au trouble & à l'affliction générale, succéderont enfin une joie pure, une paix solide. *Et nunc orate Deum omnium*, &c.

Pour faire de la monarchie françoise le plus heureux empire du monde, que falloit-il? Un roi assez indépendant des passions pour faire de grands sacrifices; un peuple assez éclairé, assez judicieux pour tirer un grand parti des sacrifices d'un tel roi: ces deux choses si rares se sont rencontrées; d'une part, le monarque offre, prodigue même les sacrifices; d'une autre part, les représentans de la nation oublient leurs propres intérêts, pour établir l'intérêt général. Là, c'eſt une généroſité à toute épreuve; ici, c'eſt un zèle ſans borne. De ce centre commun de bienfaiſance, ſe ſont répandus des germes féconds qui ont allumé dans tout le royaume l'enthouſiaſme du patriotiſme. On n'entend parler que de dons patriotiques. C'eſt à qui imaginera de meilleurs moyens pour libérer l'état. La France a auſſi ſes femmes patriotes, comme Rome avoit les ſiennes.

Cependant au milieu de ce concours d'hommages généreux, & tandis que de toutes parts on ſe diſpute la gloire de ſe montrer citoyen, la patrie ſouffre, elle eſt même en danger. Tout ce qui devoit préparer, aſſurer la liberté, a été entrepris. Il a été prononcé, il a été juré, ce vœu conſolateur. — *Tout François ſera libre ſous la garde des loix. La chaumiere aura aussi ses douceurs comme les palais. Et le bon vieillard, après avoir arrosé la charrue de ses larmes d'attendrissement, pourra se délasser en se redisant...* « *Ce n'est* » *plus comme autrefois, par les soins* » *de nos braves députés & l'amour de* » *notre bon roi, nos sueurs sont à* » *nous! nous travaillons pour nos* » *enfans!* » Quelle pensée! mon ame s'enivre de délices; & les vôtres ne semblent-elles pas saisir avec ardeur le sentiment qui me transporte! Doux instant où je célèbre en citoyen le bonheur de ma patrie! En est-il de plus beau dans la vie d'un mortel? Et n'est-ce pas en les consacrant, ces délicieux momens, que la religion se montre si digne de nos respects & que notre Dieu nous paroît si aimable!

Mais, hélas! & faut-il que je le dise? la liberté n'existe nulle part.

Dans les villes comme dans les campagnes, tout ſemble, plus que jamais, frappé de ſervitude. Une choſe bien étonnante ! C'eſt au moment même que le peuple françois peut devenir le premier peuple libre, le peuple le plus vraiment libre de l'univers, qu'il ſemble faire tous ſes efforts pour ne le pas devenir, lutter avec une ſorte de fureur pour qu'il ne le devienne pas. Une choſe plus étonnante encore ! Ce ſont ceux-là même pour qui ſe font plus particulièrement tous les ſacrifices, qui s'élèvent le plus vivement contre ces bienfaiteurs publics, qui découragent, autant qu'il eſt en eux, ceux qui travaillent à les rendre libres ; qui arrêtent le ſuccès des plus importantes opérations ; qui retardent la marche ſi deſirable de la félicité générale. Comment donc ? (ô mes chers enfans, quelle abondante matière de réflexions pour votre inexpérience !) Comment ? C'eſt que ce n'eſt point aſſez d'avoir la liberté ; il faut encore ſavoir être libre.

Pour notre malheur, on a cru qu'être libre & ne reconnoître d'autre loi que ſa volonté, étoit une même choſe. A l'inſtant, quel déluge de maux, la cruelle licence n'a-t-elle pas enfanté parmi nous ? La licence ! elle marche à pas précipités. L'indépendance, l'anarchie, voilà les ſatellites de ſes fureurs. Elle ſe plaît dans le carnage. Elle ne ſe nourrit que de malheurs publics. La diſſolution l'accompagne, le déſeſpoir ſignale ſon paſſage. Faut-il que la France ſoit devenue le théâtre de ſes noirceurs ! Plus on travaille à mettre des bornes à la fougue populaire, plus elle agite les torches de la diſcorde ; elle uſe le courage des bons, elle double l'activité des méchans. L'eſpoir du bonheur commence-t-il à luire ſur nos têtes? Elle ſe hâte d'amener quelque nouvelle ſcène d'horreur. En combien peu de temps un ſi beau royaume n'a-t-il pas changé de face? Comme de proche en proche les eſprits ſe ſont aigris! Preſque du matin au ſoir, la plus ſuperbe cité du monde n'a-t-elle pas vu périr ſon éclat & ſa joie ſe changer en deuil? Tout ce que les paſſions livrées à leur fureur peuvent entreprendre contre le bonheur public, meurtres, incendies, dévaſtations de tout genre, la famine exerçant ſes ravages au ſein même de l'abondance, le plus poli, le plus doux de tous les peuples devenu, ce ſemble, inſatiable de ſang humain : tels ſont les affreux ſpectacles qu'offre un grand nombre des provinces de ce vaſte empire. Je n'oſerois, à côté de tant de maux, placer un cruel hiver qui, venant fondre ſur nous, multiplieroit partout les beſoins avec les dangers de la mort : ce ſeroit déſoler vos jeunes ames par trop de malheurs à la fois.

O François ! ô mes concitoyens ! ô mes frères ! ignorez-vous donc vos hautes deſtinées ? Ignorez-vous que par l'inſigne généroſité de votre bon roi & l'heureux concert de vos repréſentans, vous pouvez devenir le modèle de tous les peuples, l'admiration de la poſtérité ? Fermez donc l'oreille aux perfides conſeils de ces furies qui vous agitent. Repouſſez loin de vous la licence meurtrière, l'anarchie barbare. Forcez-les, ces monſtres deſtructeurs de l'eſpèce humaine, à ſe replonger dans l'enfer pour ne plus reparoître. Au lieu de chercher dans les prétentions d'une force aveugle, un bonheur qui ne peut être que le fruit de la paix, sentez toute votre foiblesse & recourez à l'Etre Suprême, faites l'aveu de votre ignorance & demandez qu'il vous éclaire. Reconnoissez que toute politique humaine a besoin d'appui, que toute vraie liberté vient de Dieu; que quiconque en abuse, est coupable envers lui & mérite d'être malheureux.

Tout consiste donc, mes chers enfans, à la bien connoître, cette précieuse liberté, afin d'en bien jouir. Or voilà ce qu'a fortement senti le prince bienfaisant qui nous gouverne: il a senti qu'une liberté mal-entendue, ennemie des loix, pouvoit remplir de ses poisons le plus vaste empire; que plus même un empire est vaste, plus la foule des erreurs s'enracine & se soutient, plus la masse de corruption s'étend & prend de consistance, plus l'abîme où ſe trouvent englouties les mœurs publiques, devient effrayant pour l'œil du ſage, déſeſpérant pour ſon zèle : il a ſenti que, dans la fermentation générale, le cri de liberté eſt devenu un point de ralliement pour la licence ; que l'impatience de jouir a fait qu'on s'eſt corrompu dans ſes jouiſſances, que pour avoir voulu être trop heureux, on a été ſoi-même l'artiſan de ſon malheur. Pour remédier à tant de maux, il a appellé auprès de ſa perſonne, des hommes de bien généralement deſirés par la nation. Il s'eſt environné de leurs lumières, de leur ſageſſe ; mais il a en même-temps ſenti que dans de ſi affreuſes conjonctures, les ſages les plus éclairés ne le ſont jamais trop, ne le ſont jamais aſſez. C'eſt d'après de ſi puiſſantes conſidérations, qu'il s'adreſſe à ce Dieu dominateur de tout, qui donne aux ſages leur ſageſſe ; aux hommes éclairés leur ſcience. (O bon roi, puiſſe enfin ta bonté trouver une récompenſe digne d'elle !...) Le roi l'a bien jugé, mes chers enfans. Dans la criſe préſente, il n'y a que la protection du ciel qui puiſſe rendre la France à elle-même. L'orgueil de l'homme peut bien en un inſtant concevoir de vaſtes prétentions ; mais la prudence humaine n'arrive que lentement à ſon but ; & quand elle a le plus réuſſi, ſon ouvrage eſt-il encore ſujet à périr ! C'eſt du ciel que tirent leur efficacité, les bons deſirs, les bonnes penſées ; c'eſt au ciel que doivent leur ſolidité, les ſages établiſſemens, les réformes ſalutaires. Si Dieu ne parle, envain les hommes agiront ; ſi Dieu ne l'ordonne, les fléaux ne ceſſeront point... Et quand l'ordonnerez-vous donc, ô mon Dieu! quand donc la regarderez-vous en pitié, cette portion de l'héritage de votre fils! *Domine quando respicies*.... Psal. 34. 17. Entendez-moi bien! la France, ce bel empire, cette contrée chérie du ciel; la France, votre patrie, cette mère commune, cette tendre mère; la France réclame, par l'organe de son chef, le tribut de vos prières: c'est ici, c'est dans de si importantes circonstances qu'il est permis, qu'il est beau même de s'embrâser de tous les feux du patriotisme. Quiconque pourroit entendre l'auguste cri de la patrie, voir couler les pleurs sacrées de la patrie & ne pas éprouver dans toute son ame, toutes les commotions de la douleur, toutes les transes d'une déchirante sensibilité, devroit, à l'instant même, être à jamais effacé du livre de la nation, il seroit indigne d'être François, il ne mériteroit pas même d'être homme. Et ne craignez pas que le zèle patriotique me faſſe oublier en ce moment tout ce que je dois à notre religion ſainte. Parler pour la patrie, c'eſt parler pour la religion même. Le Dieu de la charité, la charité par eſſence, pourroit-il déſavouer des vœux formés pour mes ſemblables !

Ah ! cherchez donc, mes chers enfans, par un recueillement extraordinaire, par une piété vraiment active, par tout le mérite de la componction, par tous les accens de la douleur, cherchez à prouver à votre bon roi que ſes chagrins vous intéreſſent ; à prouver à votre patrie que vous n'êtes pas inſenſibles à ſes malheurs ; que la déſolation s'empare de tout votre cœur, que toute votre ame ſoit livrée à l'affliction, à la triſteſſe, en voyant ce bon peuple, au lieu de conſerver encore quelques momens ſa patience, ne plus reſpirer que haine, que cruauté; en voyant ce malheureux peuple, devenu l'ennemi de ſon bonheur, déchirer de ſes propres mains le ſein qui le nourrit, s'exciter mutuellement à la vengeance, nuit & jour méditer la révolte; & contre qui? Grand Dieu! Le François plongeroit le glaive dans le ſein d'un François! Une province égorgeroit une province! Les amis, les frères verſeroient leur propre ſang, ſe fouleroient aux pieds les uns les autres! L'enfant! le fils! ô Dieu! épargnez, épargnez ce peuple! Ce peuple! ce ſont vos enfans & nos frères. Tous les peuples du monde abandonneroient, ô mon Dieu; que le peuple François vous adoreroit encore: *Parce, Domine, parce populo tuo*. Joël. 27. 17. Ah! ne ſommes-nous pas aſſez malheureux! Échappés à peine à deux grands fléaux, faut-il que nous ayons à redouter des malheurs encore plus grands!... Si le Seigneur avoit besoin de juſtifier ſes jugemens ſur les enfans des hommes, ne pourroit-il pas nous répondre comme autrefois au peuple d'Iſraël : Moi, moi, je ſuis, j'ai vu : *Ego, ego ſum, ego vidi, dicit Dominus.* Jérém. 7. 11. J'ai vu l'audacieuſe incrédulité menacer mes autels, l'abominable volupté étaler ſes charmes dans mon temple, *ego vidi*; j'ai vu les jours deſtinés à ma gloire, livrés à la débauche, les pères eux-mêmes donner des leçons de vice, & le blaſphême furieux ſur les lèvres de l'enfant : *ego vidi*; j'ai vu tous ces ſcandales ſe répandre univerſellement dans ce royaume, s'y produire ſolemnellement, s'y maintenir impunément, *Ego, ego ſum, ego vidi*; & alors j'ai dit, *tunc dixi*; je me vengerai de mes ennemis, je les abandonnerai entre les mains de leur folie ; je leur rendrai le prix de leur haine : *Reddam ultionem hoſtibus meis, & his qui oderunt me retribuam.* Deut. 32. 41.

Mais loin de vous, mes chers enfans, de confondre les vengeances de Dieu avec les vengeances des mortels. Les hommes ſe vengent parce qu'ils veulent perdre. Le Seigneur chatie parce qu'il aime. Lors même qu'il nous punit, ſon cœur reſte toujours bon. Sans doute nos maux ſont grands, parce que nos crimes ſont à leur comble. La licence trouble tout, parce que la corruption eſt générale. Nous avons été livrés au brigandage, parce que nous avons mépriſé les loix de Dieu. *Quoniam non obedivimus præceptis tuis, ideo traditi ſumus in direptionem.* Tob. 3. 4. Mais c'eſt toujours un père qui chatie ses enfans. Croyons que ses fléaux sont envoyés pour nous corriger & non pas pour nous perdre. *Flagella domini ad emendationem & non ad perditionem nostram evenisse credamus.* Judith. 8. 27. Ainsi cette sainte veuve ayant appris que dans cinq jours Ozias avoit promis de livrer la ville à l'ennemi, engageoit les prêtres à relever le courage du peuple. Ne nous vengeons pas, disoit-elle, les uns sur les autres, mais tous ensemble; prions, humilions-nous devant le Seigneur. C'est le vœu de notre bon roi, c'est le vœu de son cœur. Les prières du peuple & le courage de Judith sauvèrent la ville de Béthulie. Ah! croyons que les prières des François jointes aux prières de leur roi, attireront sur cet empire avec les anciennes miséricordes de Dieu, ses grandes bénédictions.

Dans de ſi ſolemnelles ſupplications, je ne chercherai pas de motifs à votre piété, dans les intérêts de vos familles. Je ne vous dirai pas : priez avec humilité, priez beaucoup, mille dangers menacent vos pères. Tout intérêt particulier doit diſparoître devant la majeſté de la patrie. Elle veut que dans tout François, vous voyiez votre concitoyen, votre ami, votre frère. Elle veut que vous priez pour tous, que vous demandiez la ſageſſe pour tous, la paix pour tous, le bonheur pour tous. Ce qu'elle permet à votre âge, ce qu'elle attend de votre éducation, c'eſt que le bouleverſement actuel & les malheurs préſens ſoient pour vous une grande leçon, & la leçon de toute votre vie ; c'eſt que ſon ſein ſi cruellement déchiré par cette génération, ne le ſoit pas du moins par celle qui la doit remplacer.

Entrez, mes chers enfans, dans des vues ſi reſpectables. Il eſt ſi doux d'obéir à la voix de ſa patrie! Laiſſez-là tous les reſſorts cachés de cette grande révolution. (Eh! quel autre que l'éternel, eſt en poſſeſſion de remuer le cœur des hommes & de commander à leur eſprit?) Ce qui importe pour vous & pour le ſort futur de votre patrie, c'eſt que vous ſachiez bien méditer, bien approfondir les effets de cette grande révolution, les voir avec ſageſſe, les calculer avec prudence; en pénétrer toute l'influence, pour le préſent & pour l'avenir; en retirer tout le fruit néceſſaire à votre bonheur, au bonheur public: ce qui importe, c'eſt que vous ſoyez convaincus que la vraie liberté ne peut naître que de l'eſprit d'ordre & de juſtice, qu'elle ne peut ſe conſerver que par un eſprit de paix & de ſageſſe, que tout ce qui eſt injuſte, annonce la licence, que tout ce qui trouble l'ordre eſt un commencement d'anarchie : ce qui importe enfin, c'eſt qu'en conſéquence de ces principes & de cette connoiſſance que vous avez des malheurs infinis produits par l'abus de la liberté, vous regardiez comme un point ſacré en morale comme en politique, que pour être vraiment libre, il faut reſpecter la loi, il faut être ſoumis à la loi, il faut tout ſacrifier pour faire régner la loi ; qu'où ne règne point la loi, là, il ne peut exiſter aucune vraie liberté ; en un mot, que la vraie liberté naît & ſe ſoutient avec la loi & par la loi ; qu'elle s'affoiblit, s'uſe, diſparoît & meurt avec elle.

Grand Dieu ! qu'ils ſervent à l'inſtruction de ces enfans, ces temps déſaſtreux dont ils ont partagé avec nous les alarmes & les inquiétudes ! Qu'ils servent à mûrir leur jugement, à hâter leurs réflexions ! que cette partie de leur naissante carrière, porte des lumières sûres & précoces sur toute la suite de leur vie ! Par le bienfait du ciel invoqué de tant de manières & en tant d'endroits à la fois, par le concours de ce zèle commun du monarque & de ses coopérateurs, de tous ces hommes utiles qui président à la chose publique, qu'ils sachent mettre à profit pour le bien général cette grande révolution dont ils sont les témoins ! Qu'ils sachent être toujours libres, conserver toujours leur liberté sous la sauve-garde des loix, les conserver elles-mêmes, les protéger ces loix, les défendre jusqu'à la mort & s'il le faut, mourir pour leur défense !

DISCOURS

Pour le jour des Morts.

ARGUMENT.

TOUT ce qui tend à attacher les jeunes gens à leurs parens, fait essentiellement partie de la bonne éducation. D'après ce principe, on ne s'est pas contenté d'exciter dans l'ame des pensionnaires, les sentimens de la plus vive reconnoissance, de leur représenter dans les auteurs de leur être, autant d'images de la Divinité, qui exigent de leur part un tribut d'amour continuel; on a voulu que leur piété filiale embrassât l'avenir comme le présent, & qu'ils témoignassent à leurs parens, après leur mort comme pendant leur vie, tout l'intérêt dont ils seroient susceptibles dans l'ordre de la religion.

On a saisi toutes les occasions de leur

redire que, quand on aime véritablement, on doit toujours aimer, que c'eſt la conſtance ſur-tout qui donne du prix à l'amour: Omni tempore diligit qui amicus eſt. Prov. 17. *C'eſt par de telles maximes qu'on rendra les jeunes gens reſpectueux & ſoumis, auſſi utiles à leur patrie, que tendres envers leurs parens. Un bon fils ſera difficilement un mauvais citoyen.*

Hi qui cum pietate dormitionem acceperunt, optimam habent repoſitam gratiam. Sancta ergò & ſalubris eſt cogitatio pro defunctis exorare ut à peccatis ſolvantur.

Ceux qui ſont morts marqués du ſceau de la piété, peuvent s'attendre à trouver grace auprès de Dieu. C'eſt donc une pratique ſainte & ſalutaire de prier pour les morts, afin qu'ils ſoient délivrés des peines dues à leurs péchés. 2. Macch. 12. 35.

TELLE étoit la doctrine de ces hommes fameux, non moins zèlés défenſeurs des loix de leur pays que de la foi de leurs pères. Telle fut dans tous les tems la conſolante pratique

pratique de toutes les ames ſenſibles. La nature ſemble la favoriſer preſqu'autant que la religion. Il eſt ſi naturel de deſirer que ceux que la mort nous enlève puiſſent jouir du bonheur !

Cette fête toute conſacrée à la ſenſibilité chrétienne, eſt donc bien propre, mes chers enfans, à exciter dans vos jeunes ames les plus tendres émotions ; & avec quel zèle ne devons-nous pas, nous-mêmes, vous annoncer ce myſtère ſi touchant de la bonté de Dieu ! Ce plan ſi admirable de la ſageſſe ſuprême, qui rend tous les biens ſpirituels communs à tous les fidèles ! L'égliſe triomphante où les élus de Dieu s'enivrent de délices en protégeant leurs frères : dans l'égliſe militante, tous les chrétiens du monde s'entr'aidant de leurs prières, & par leurs pieux efforts, méritant l'aſſiſtance des citoyens du ciel ; enfin l'églife fouffrante que confolent tour-à-tour les fouvenirs des vivans & l'efpoir du bonheur !

Oublions en ce moment & le ciel & la terre pour defcendre en efprit dans ces lieux de douleur où la tendre pitié appelle nos fentimens. Là, gémiffent nos femblables, peut-être nos bienfaiteurs ! Payons un généreux tribut à la charité tout à la fois & à la reconnoiffance ; voyons couler leurs larmes & attachons notre cœur à leur trifte deftinée. Hélas ! ils ne peuvent que fouffrir ! mais nous, nous pouvons adoucir leurs continuelles fouffrances, abréger leurs tourmens, mettre fin à leurs maux. Une foule de moyens peut foulager leur fort ; toute bonne œuvre peut hâter l'inftant de leur bonheur : prières animées par la foi, mortifications fanctifiées par un efprit de pénitence, foumiffion avec humilité, aumônes, un verre d'eau donné au pauvre, votre travail, mes chers enfans, les exercices qui partagent vos momens, tout cela dirigé par la religion, quelle matière de mérite applicable à ces infortunés que la religion nous recommande !

Il eſt ſur-tout un moyen plus efficace encore; c'eſt l'adorable offrande de la victime ſans tache; le ſang de J. C. coulant ſur nos autels. Dans ces momens redoutables, le chrétien pénitent eſt admis à unir ſon intention à l'intention du prêtre. Tous deux pleins des tranſports que la religion leur inſpire, s'abaiſſent, s'anéantiſſent & offrent la victime; auguſte ſacrifice que le ciel contemple, que l'éternel agrée, dont le prix infini commande le pardon & obtient le bonheur; doux inſtans de la grace, où l'ame bien contrite s'identifiant, en quelque ſorte, avec la victime ſainte, ne forme plus avec elle qu'un même tranſport d'amour, digne de toucher le cœur de Dieu & de régner dans le ciel! Cet adorable ſacrifice, vous pouvez, mes chers enfans, & le faire offrir & l'offrir vous-mêmes; cette ineffable communication avec le Dieu de l'autel, il ne tient qu'à vous d'y participer & d'en retirer, pour les ames du purgatoire, les fruits les plus précieux.

Ces moyens ſi féconds & en même-temps ſi faciles, les avez-vous employés? Avez-vous ſervi l'égliſe ſouffrante autant que vous le pouviez? Ce devoir ſi ſacré & qui devoit être ſi cher à vos cœurs, ne l'avez-vous pas négligé, pour ne rien dire de plus?

Cependant que ne devez-vous pas? que n'avez-vous pas promis? oſerai-je vous rappeller cette fatale époque où, frissonnant de terreur, vous entendîtes ces paroles entrecoupées de sanglots ?.... Il n'est plus ce digne auteur de votre être ! ... Elle n'est plus, cette tendre mère, l'objet de vos délices ! ... Ou si les transports de votre amour, maîtrisant l'excès de votre douleur, vous pûtes, en ce cruel instant, recueillir, avec la bénédiction paternelle, les dernières paroles d'une bouche mourante..... Je meurs, ô mon fils ! ... mais sans doute je serai toujours vivant pour vous ! .... Vous ne répondîtes point ; mais que ne disoit pas votre silence ! ... Parce qu'il ne vous est plus donné de les voir, croiriez-vous donc qu'ils ne sont plus ! Une ame créée à l'image de Dieu peut-elle jamais mourir ? Le seigneur n'est-il pas le Dieu des vivans & non pas des morts ? tous ne vivent-ils pas pour lui ? *Deus autem non est Deus mortuorum, sed vivorum : omnes enim vivunt ei.* Matth. 22. 32. Ou bien en feroit-il du Tout-Puiſſant comme de ces triſtes divinités qui ne peuvent rien pour leurs adorateurs ? & l'éternel feroit-il auſſi ſujet à la mort comme les dieux de la terre ! Non, non, s'écrioit Job dès l'enfance du monde, je ſais que mon rédempteur vit : *ſcio quod redemptor meus vivit.* Job. 19. 25. & qu'à la fin des ſiècles, il me reſſuſcitera de ma pouſſière, *& in noviſſimo die de terrâ ſurrecturus ſum ;* & revêtu de ma chair, je verrai mon Dieu, *& in carne meâ videbo Deum meum.* Ibid. Oui, aſſure le grand Apôtre, il faut que cette chair corruptible ſe revête de l'incorruptibilité, & que ce corps mortel reprenne pour toujours ſon immortalité : *oportet enim corruptibile hoc induere incorruptionem, & mortale* *hoc induere immortalitatem.* 1. Cor. 15. 53.

Si tel eſt le cri de la religion, j'oſerois preſque dire le cri de la nature, comment avez-vous pu oublier ceux que tant de motifs touchans devoient tenir ſi près de vos cœurs ? hélas ! c'eſt peut-être leur trop grande complaiſance, l'excès de leur tendreſſe, leur aveugle amour qu'ils ont à expier. Ingrats ! ingrats ! & vous êtes inſenſibles ! tout ce qui vous environne dans la maiſon paternelle, n'eſt-ce pas là autant de bouches éloquentes qui vous prêchent la reconnoiſſance ? Cette fortune achetée ſi cher & ménagée avec tant d'art, qui doit être pour vous la ſource des plaiſirs & le prix des grandeurs... Cruels, vous jouiſſez de leur abondance & vous les oubliez dans leurs tourmens ! ... C'eſt en vain qu'ils réclament votre miſéricorde ;

c'eſt en vain que l'égliſe, pour émouvoir vos entrailles, fait reſentir les temples de leurs cris de douleurs : ayez pitié de nous ! ayez pitié de nous ! O vous que la charité de J. C. attache à notre ſort ! O vous nos enfans ! O vous que nous avons tant aimés ! *Miſeremini meî, miſeremini meî, ſaltem vos amici mei, quia manus Domini tetigit me.* Job. 19. 21. Plus inſenſibles que les bêtes féroces, rien ne peut vous attendrir ; vous vivez à leur égard (ô attentat !) comme ſi Dieu, dans ſa colère, les eût frappés de l'anathême éternel !... Ah ! pardonnez, mes chers enfans, pardonnez à mon zèle ! La cauſe que je défends doit être ſi chère à mon cœur ! O Dieu ! puiſſent ceux que je pleure, éprouver le préſage du bonheur, s'ils n'en jouiſſent pas encore !

Mes chers enfans, la douleur

générale m'annonce aſſez quels tendres ſentimens ont pénétré vos ames : ſans doute que vous regrettez amèrement votre indifférence pour les morts : ſans doute que ces infortunées victimes partageront du moins déſormais votre ſenſibilité. Conſolez-les donc en ce moment par l'eſpoir d'un meilleur ſort ! pour expier à leur égard toute votre légéreté, jurez-leur aux pieds du ſaint autel, un ſouvenir éternel.... Que vos premières années ſoient conſacrées à la miſéricorde : que la ſainte pitié n'abandonne jamais vos entrailles ! exercés de bonne heure dans de ſi pieuſes habitudes, vous porterez dans le monde les mêmes ſentimens de tendreſſe. Au milieu de vos plaiſirs & de vos fêtes bruyantes, vous ſongerez, malgré vous, qu'il eſt des ames qui ſouffrent. La force de l'habitude vous intéreſſera pour elles. Si le tumulte du monde ou les orages des passions vous rendoient indignes d'obtenir leur pardon, vous chargeriez les pauvres d'acquitter votre pitié; — le cri du pauvre est si puissant sur le cœur de Dieu !

Si vos pères jouissoient déjà de la félicité, ah ! qu'en actions de graces, toutes les âmes souffrantes se partagent vos suffrages : que ce moment, comme ce jour, soit marqué pour elles par une miséricorde universelle ! Quel bonheur, mes chers enfans, si une légère aumône soustraite à votre opulence, si une larme, échappée au milieu de vos plaisirs, ouvroit les portes du ciel à une ame infortunée ! avec quel vif transport ne solliciteroit-elle pas à son tour votre béatitude ! Comme elle s'anéantiroit sur les pas de l'agneau ! Comme elle s'écrieroit dans ses adorations : « Dieu sauveur, délivrez

» donc celui qui m'a fait délivrer : » comment pourrois-je être heureuse » en voyant dans les tourmens l'au-» teur de mon bonheur ! ».

Ainsi votre propre intérêt, comme l'intérêt de la religion, vous attache aux ames du purgatoire & vous charge de leur sort.

Et vous jeunes enfans, que Dieu aime tant à distinguer, vous qui avez sur son cœur des droits si privilégiés, petits enfans, dites-lui avec cette candeur qui ne peut manquer de le toucher : « Doux Jesus, doux » Jesus, donnez repos aux ames du » purgatoire, repos éternel aux ames » du purgatoire » : *pie Jesu, Domine, dona eis requiem sempiternam.*

Vous tous, Messieurs, réunis en ce saint lieu par un même esprit de foi ; tous animés par la même espérance de l'immortalité, tous sanctifiés par la même charité de

J. C., portez jufqu'au trône du Très-Haut, un cri général de pitié: formez un hommage folemnel qui puiffe être agréé: difons-lui tous enfemble dans l'épanchement de notre fenfibilité: « Dieu tout-puiffant, ne vous fouvenez point des iniquités de nos pères, *noli meminiffe iniquitatum patrum noftrorum.* Baruch. 3. 5. Mais plutôt fouvenez-vous des merveilles de votre droite; *memento manus tuæ:* Ibidem. de cette main libérale qui répand la douce lumière, comme la féconde rofée, nourrit l'oifeau du ciel, comme l'habitant de la terre; *memento manus tuæ:* répandez, ô Dieu, la douce confolation dans ces demeures du malheur; & que l'on y entende enfin prononcer votre nom, votre nom de libérateur, *memento nominis tui.* Ibidem. Ce nom fi révéré du ciel & fi cher à la terre, père des miféricordes & Dieu de toute consolation: *Pater misericordiarum & Deus totius consolationis.* 2. Cor. 1. 3. Qu'après vous avoir adoré au milieu des tourmens, ces ames enfin devenues pures, vous louent & vous bénissent! qu'elles chantent votre ineffable nom dans le sein du bonheur; » *memento nominis tui.*

Dieu sauveur! c'est à vous surtout que nous recourrons en ce jour: le Seigneur vous a établi victime de propitiation pour ceux qui ont cru: *quem proposuit Deus propitiationem per fidem.* Rom. 3. 25. Ceux que nous pleurons, ô mon Dieu, furent marqués du sceau de la foi: jettez donc sur eux, jettez sur toutes les ames du Purgatoire, un regard de compassion: que le moment où votre sang adorable va couler sur l'autel, soit pour elles un moment de rafraîchiſſement & de paix, d'eſpérance, & de conſolation ! qu'il ſoit le commencement, ou du moins, ô Dieu, le preſſentiment d'une félicité parfaite !

DISCOURS

Sur la cérémonie des Cendres.

ARGUMENT.

On ſera peut-être ſurpris que nous plaçions parmi nos premières exhortations, un diſcours ſur la mort ; mais il eſt des circonſtances où cette penſée ſeule peut défendre un jeune homme contre la ſéduction. On ne peut donc trop tôt faire connoître cette reſſource, & plus elle eſt triſte, déſolante même, plus il importe d'accoutumer de bonne heure, d'apprivoiſer en quelque ſorte les jeunes gens avec elle, de leur perſuader qu'il y a de la ſageſſe, de la gloire même à interroger l'avenir, à conſulter la mort.

Un oracle divin nons aſſure que le ſouvenir de nos fins dernières nous éloigne du mal. C'eſt bien nous dire que le moyen de jouir ſagement de la vie, eſt de penſer qu'elle ne durera pas toujours ; qu'un tel moyen ne doit être ignoré de perſonne, & encore moins de ceux que leur inexpérience rend ſi faciles à tromper. D'ailleurs, nous avons cru qu'il falloit préſenter dans cet eſſai des ſujets de différens genres, afin que le public fût plus à même de porter ſon jugement ſur la nature de l'ouvrage & ſur la manière de l'auteur.

Memento, homo, quia pulvis es & in pulverem reverteris. Gen. 3. 19.

Souviens-toi, homme, que tu es pouſſière, & que tu retourneras en pouſſière.

L'AVEZ-VOUS entendu, mes chers enfans, cette effroyable ſentence portée contre l'orgueil de l'homme ? A peine a-t-il oſé ſe croire quelque choſe & affecter une grandeur indépendante de celle de Dieu, que la la race humaine eſt condamnée à périr.... C'en eſt fait ; jamais, à force de combinaiſons, elle ne pourra trouver un moyen de ſe ſouſtraire à cette loi. Diſtinctions de la gloire, pouvoir de la valeur, aſcendant de l'autorité, tous ſes avantages porteront l'empreinte de la fragilité. Les reſſources de l'art, les précautions de la prudence, tout ce que la nature ſemble avoir de plus ſolide, inutiles moyens contre les rigueurs de la mort! La fuir, c'eſt préparer ſon triomphe ; lutter contre elle, c'eſt mettre le comble à ſa gloire ; ſon empire s'étend ſur tout, l'univers eſt ſon domaine.

Rappellez à votre mémoire cette longue ſuite de générations, fixez par la penſée ces pyramides orgueilleuſes, ces antiques monumens de tant de vaines grandeurs ; oſez lever le voile augufte qui couvre la cendre de nos maîtres, & dans l'excès de votre douleur, écriez-vous : Où font-ils donc ces rois bons ou magnanimes qui firent le bonheur de nos pères, ou forcèrent leur admiration !... Prêtez une oreille attentive ; le filence univerfel vous convaincra qu'il sne font plus : *Mortui funt.* Voilà, mes chers enfans, la fin de tout, la mort. Elle règne fur vos familles, elle moiffonna vos aïeux, elle frappera l'auteur de votre être. Cette tendre mère, le bonheur de votre vie, elle ne lui échappera point ; à votre droite, à votre gauche, vous en verrez mille tomber, tous vous céderont la place ; déjà prefque ils ne font plus. L'homme, dit un ancien, a été prêté, & non pas donné à la vie.

Mais oublions ces brillantes peintures de notre fragilité. La mort, pour exercer les vengeances de Dieu, conjurant tous les élémens, appellant tous les fléaux, remplaçant une génération par une génération, comme le temps fait ſuccéder un ſiècle à un ſiècle, & tirons de cette mortalité générale une leçon importante pour votre âge. C'eſt donc à vous & à vous ſeuls, mes chers enfans, que j'adreſſe déſormais ces importantes paroles : Souvenez-vous que vous êtes pouſſière & que vous retournerez en pouſſière. *Memento, homo....* En commençant à vivre, vous avez commencé à mourir. Vous mourez chaque jour, chaque heure & chaque inſtant ; point de ſoupir qui ne vous emporte une partie de vous-même. Mais outre cette continuelle déperdition de la ſubſtance humaine, combien de cauſes de deſtruction particulières à votre âge ! Cette foibleſſe d'organes à peine encore formés, cette diſpoſition de tempérament, tantôt fougueuſe & tantôt languiſſante, toujours variable, jamais décidée; cette exceſſive chaleur du ſang, cette ſurabondance d'humeurs; que ſais-je, mes chers enfans, toutes ces incertitudes, toutes ces inconſéquences d'une nature encore novice, qui alarment ſans ceſſe ſur votre ſort, parce qu'à chaque inſtant vous pouvez ſuccomber; que ſais-je encore, cette légereté de caractère qui ne connoît aucune précaution, cette vivacité d'eſprit qui porte toujours au-delà des bornes, cette mobilité de cœur qui veut eſſayer tous les penchans, cette inexpérience dans tous les genres, qui expoſe continuellement à tous les dangers. Mes chers enfans, tout eſt éceuil à votre âge, vos bonnes qualités même combattent contre vous pour la mort. L'aimable ingénuité vous rend dupes des piéges tendus par les libertins pour vous perdre ; la ſainte candeur même n'eſt qu'une facilité de plus pour ces miniſtres du trépas !

Il eſt une époque où il ſemble qu'on puiſſe compoſer, pour parler ainſi, avec la mort. (Hélas ! par combien de ſacrifices ne faut-il pas encore acheter l'avantage de l'atteindre !) Le dernier âge ne lui laiſſe preſque rien à faire ; ſes victimes tombent d'elles-mêmes. C'eſt à la première époque de la vie qu'il faut placer ſon triomphe ; abattre ces jeunes têtes altières, qui, comme autant de cèdres fameux, ſemblent menacer le ciel, couper à l'inſtant ces ſuperbes rejettons d'une tige antique & auguſte, les réduire en poudre, & faire diſparoître juſqu'à leur place, voilà les exploits dignes d'elle.... Eſt-on deſtiné par la prudence humaine à ſoutenir la gloire d'un grand nom, a-t-on commencé à fixer ſur ſoi l'admiration publique? Tendre enfant, êtes-vous l'unique reſſource d'une mère éplorée, réuniſſez-vous en vous ſeul tout l'eſpoir d'une nombreuſe famille! Oh! combien je tremble pour vous! la mort ne ſouffrira point tant de bonheur. L'aurore d'une belle vie offenſe ſes regards jaloux. Pour immoler une jeune victime, elle emploie tous les ſtratagêmes, elle s'arme de tous ſes traits, elle appelle à ſon ſecours tous les crimes; de-là cette foule innombrable de malheurs qui porte l'effroi dans les familles. Tous les jours, par la perfidie de la mort, leurs projets ſont déconcertés, leurs eſpérances ſont confondues. Cruelle mille fois, elle ne ſe plaît qu'à ſurprendre, qu'à tromper; & telle eſt la haine qu'elle a jurée à cette brillante partie de la vie, que c'eſt une ſorte de miracle de la parcourir ſans ſuccomber. O Dieu! tu l'as voulu ainſi, afin que nous fuſſions toujours ſous ta main, & qu'on ne pût pas plus compter ſur la vie des enfans des hommes, que ſur la feuille légère qu'un vent furieux agite.

Puiſque tout eſt mortel & ſi mortel à votre âge, mes chers enfans, eſt-il de la prudence d'interdire à vos eſprits le ſouvenir de la mort? Ah! périſſe, périſſe à jamais la morale des impies! Ils ſe flattent d'éloigner la mort en n'y penſant pas; & par l'excès de leurs débauches, ils l'appellent à grands cris, ils ſe précipitent ſur ſes pas; comme s'ils vouloient être plus inſenſés encore que la mort n'eſt cruelle, ils ſemblent, à force de violenter leur exiſtence, la défier de trancher aſſez tôt le fil de leurs jours. Etonnante inconſéquence ! ils craignent de mourir, & ils font tout ce qu'il faut pour néceſſiter leur mort prochaine. Je crois voir des aveugles s'élancer à pas de géant dans une arène bordée d'abîmes. Plutôt que de recourir à une prévoyance ſalutaire, ils ſe conſument de molleſſe dans un ſtupide abandon. Ainſi la brute pèſe ſur la terre, ignorante de ſa deſtinée.

C'eſt le comble de la ſageſſe que de voir la fin en tout, & il n'appartient qu'à une ame ferme & courageuſe de meſurer à chaque inſtant toute l'étendue de ſa carrière. Auſſi ce noble effort eſt-il un don du ciel pour précautionner l'homme contre les illuſions du menſonge, & le ſeul frein ſalutaire qu'il puiſſe oppoſer efficacement aux paſſions ; (l'Eſprit-Saint l'a dit) : *Memorare noviſſima tua & in æternum non peccabis.* Eccl. 7. 40.

Si tel eſt l'effet que produit ſur tout homme le ſouvenir de ſa fin, de quel prix ne ſera pas, mes chers enfans, ſon influence pour votre âge! Lorſque tout ſe réunit pour compoſer une belle vie, qu'on ne rencontre de toutes parts que des facilités au plaiſir, que toutes les eſpèces de bonheur ſemblent venir au-devant d'un jeune cœur, & l'inviter à jouir, quand la perſpective eſt ſi éblouiſſante, il n'y a plus que la penſée de la mort qui puiſſe rompre le charme.

Oui, mes chers enfans, à ce flambeau funèbre ſeul, tous les objets reprennent leur véritable couleur; l'orgueil ne paroît plus qu'un menſonge ridicule; l'avarice qu'une pitoyable fatigue; la volupté qu'un poiſon mortel; la beauté qu'un ſonge; la ſanté n'eſt qu'un mot; le monde, avec toute ſa gloire, n'eſt qu'une figure qui paſſe. Bientôt peut-être, à peine échappés de nos mains, on vous entendra, comme ces insensés dont parle l'écriture, vous écrier pleins de votre ivresse : « Dans » ma course rapide, je surpasserai » le vol de l'aigle ; je placerai ma » demeure au milieu des astres ; je » m'élèverai au-dessus de tout, & » j'oserai défier les hommes de » nuire à mon bonheur ».... Voulez vous savoir ce que vaut une pareille félicité ! Appellez la mort à votre conseil, envisagez sa pâleur, environnez-vous de ses ombres, placez-vous dans votre cercueil, descendez dans votre tombeau ; voyez toutes les parties de vous-mêmes se décomposer, vos chairs tomber en lambeaux, tout votre être s'abîmer dans la corruption. Quelle fougueuse passion ne se glaceroit pas au milieu de ce froid de la mort ! Quel insensé ne s'arracheroit pas à la plus affreuse séduction pour s'élancer dans les bras du Dieu de la vie!... Il eſt bon, il eſt donc ſalutaire le jugement de la mort. Elle éclaire quand on la conſulte; elle ne ſurprend que parce qu'on ne la conſulte pas: *O mors, bonum eſt judicium tuum!* Eccl. 41. Diſons ſur-tout, il eſt néceſſaire à votre âge, le jugement de la mort. Loin de nous, abandonnés à vous-mêmes, pourſuivis de toutes parts par un monde trompeur, ſéduits preſque malgré vous par la foule des mauvais exemples, quel autre moyen vous convaincroit aſſez du vuide des choſes préſentes, & du peu de fond qu'il faut faire ſur un monde qui paſſe? Gardez-vous donc bien de le craindre ce jugement de la mort: *Noli metuere judicium mortis.* Ah! plutôt faites-en de bonne heure la plus importante de vos reſſources; accoutumez votre eſprit à la méditer, familiariſez votre cœur avec ſes décisions : avant de rien conclure avec les passions, consultez la mort; consultez bien la mort, & vous n'abuserez jamais de la vie. A l'exemple de ce roi, qui ordonna qu'on l'avertît sans cesse qu'il étoit mortel, ayez le courage de vous dire quelquefois à vous-mêmes : Je porte au-dedans de moi un principe de mort; je ne tiens à la vie que par un fil, & à chaque instant mille causes particulières à mon âge peuvent trancher ce fil. Plus heureux que ce roi, allez jusqu'à envisager la mort avec toutes ses suites, l'éternité commençant pour vous, où finit le temps, tout vous abandonnant, excepté la religion qui vous présente à votre juge.

Voilà l'intention de l'église dans la cérémonie de ce jour. En vous montrant dans une vile poussière la fin de toutes les grandeurs, la fin de l'homme lui-même, qui avoit cru consolider son existence en la revêtant de cette frêle armure de la vanité ; elle vous fait entendre que rien n'est solide sur la terre ; que la plus longue, comme la plus belle vie, n'aura pour dernier résultat qu'un peu de poussière, *pulvis es*, & que par conséquent, il ne faut compter que sur Dieu qui ne passe point ; que vous devez vivre chaque jour, comme si vous deviez mourir chaque jour ; que plus les périls de votre âge vous exposent à une fin prochaine, plus il importe que vous pensiez souvent à mourir ; que du moins dans les circonstances périlleuses, du moins à l'approche du tentateur, vous lisiez dans le livre de la mort, vous ayez présent à l'esprit, pour en pénétrer toute votre ame, le sublime abrégé de toutes ses leçons ; poussière, *pulvis es*....

Et de lâches libertins prétendront impudemment que la pensée de la mort éteint toute énergie & conseille la foiblesse, qu'elle détruit toute émulation, qu'elle empoisonne la vie. Quoi ! ce qui commande à l'homme l'ordre invariable dans toutes ses actions, ce qui force un jeune cœur à se roidir contre les premières atteintes du vice, ce qui nous rend indépendans de tout en nous soumettant à Dieu seul ; ce seroit-là l'annonce de la foiblesse, la preuve d'une ame étroite.... Vils esclaves, qu'ils redoutent la mort, puisque leur vie est criminelle ; mais qu'ils ne calomnient point la vertu. La pensée de la mort suppose le desir de la conserver ou de l'acquérir.... Il faut donc croire que cette pensée méditée dans l'ordre de la religion & suivant les vues de Dieu, loin d'être défavorable à l'émulation, comme le prétend l'impie, ſert au contraire à agrandir l'ame par l'eſpérance de l'immortalité, de ces promeſſes éternelles qu'une ame pleine de foi voit de loin, & ſalue en quelque ſorte, ſuivant l'expreſſion de Saint Paul, comme devant être bientôt le terme de ſon pélérinage & l'époque de ſon bonheur : il faut croire que loin d'empoiſonner la vie, elle ſeule peut en bannir le crime, & par conſéquent le remords qui rend la vie un tourment.

Pour vous, mes chers enfans, dociles à la voix de la religion, ouvrez vos ames aux ſentimens qu'elle vous inſpire. Recevez avec attendriſſement le conſeil qu'elle vous donne, rendez cet hommage à votre Dieu, reconnoiſſez que vous êtes pouſſière & que vous retournerez en pouſſière. *Memento, homo, quia pulvis es & in pulverem reverteris.* Pendant que nous cherchons par toutes les ressources d'une sainte éducation à préparer le bonheur de votre vie, ah! n'oubliez jamais que vous êtes mortels, c'est l'oubli de la mort qui enfante tous les crimes. *Noli metuere judicium mortis.* Regardez comme votre plus cruel ennemi quiconque tenteroit de vous persuader une doctrine contraire. Aimez à exercer contre vous mêmes le jugement de la mort... Jeunes enfans, tendres objets de nos sollicitudes, soyez assez sublimes pour faire entendre ces paroles dignes d'être recueillies par le ciel... Si je devois mourir en ce moment, ferois-je cette action?.. La vertu s'emparera de votre ame, la sainte pudeur gardera tous vos sens, vous sortirez victorieux de tous les combats; vous vivrez sages, vous mourrez de la mort des justes.

DISCOURS

Sur le Jugement universel.

Dies Domini.

Le jour du Seigneur. Isaïe. 2. 12.

OUI, il y aura un jour destiné de toute éternité pour faire reconnoître le Seigneur, & pour rendre à la grandeur de son nom, un tribut d'éclatant hommage & d'anéantissement universel, & ce jour sera appellé par excellence le jour du Seigneur : *dies Domini.* Les autres jours sont pour la créature comme pour le créateur, pour les méchans, comme pour les bons : c'est le temps qui appartient à tous; celui-ci ne ſera que pour le Seigneur, pour réparer les injuſtices commiſes contre le Seigneur; *dies Domini.* Jour incompréhenſible, d'ordre & de confuſion, de joie & de déſolation, d'anathêmes & de bénédictions; jour d'autant plus incompréhenſible qu'il ſera tout à la fois l'effet d'une bonté ineffable & d'une juſtice inflexible, de la haine livrée à ſes plus terribles reſſentimens, & de l'amour enflammé par le deſir de faire des heureux: tout ce que la créature peut eſpérer de plus délicieux, tout ce que la créature peut craindre de plus accablant!

O quel jour donc que le jour du Seigneur! N'a-t-il pas déjà jetté, mes chers enfans, la conſternation dans vos ames? Pour moi, me rappellant que je dois tenir un rang dans cette ſcène épouvantable, & me repréſentant comme cité aux pieds de mon juge, j'avoue qu'un ſaiſiſſement d'horreur s'empare de tous mes membres.

Dieu des vengeances, inſpirez-moi comme vous inſpiriez autrefois vos prophètes, dans la force toute puiſſante de votre colère! Faites luire à mes yeux l'image formidable de votre fureur, mettez ſur mes lèvres les paroles brûlantes de votre indignation! & que ces enfans méditant dans un trouble ſalutaire & dans un tremblement plein de repentir les effrayantes circonſtances de votre redoutable jugement, apprennent de bonne heure à vous connoître, grand Dieu, & à s'anéantir à jamais ſous le poids de votre grandeur!

Etrange vérité, mes chers enfans! le Seigneur Dieu n'eſt point connu ici bas. Une parole de ſa bouche faiſant éclore le temps, & donnant l'existence au monde, un souffle de sa voix ébranlant les hautes montagnes, ou renversant les cedres superbes, un grain de sable envoyé de sa part arrêtant les fureurs de la mer, & brisant son orgueil, en un mot les prodiges des jours anciens, & les merveilles des temps nouveaux, tout ce qu'il a jamais fait de plus admirable & de plus terrible, ce grand Dieu, pour signaler la force de son bras, & pour établir la souveraineté de son empire, ce n'est encore là qu'une foible image & une vaine ombre de sa grandeur véritable. Si nous pouvions en sentir tout le poids, l'homme en pensant au crime mourroit de terreur.

Il faut pourtant que le Seigneur Dieu soit connu, & que tout ce qui existe, s'il est son ouvrage, lui paye enfin un tribut digne de lui; & voilà par ce seul mot la nécessité du jugement dernier établie. *Cognoſcetur Dominus judicia faciens.* Pſal. 9. 17. Déſormais ne craignons plus d'anticiper ſur les évènemens ; & puiſque le jugement eſt une choſe ſi indiſpenſablement arrêtée, nous pouvons ſuppoſer qu'on nous juge.

Il n'y aura plus de temps, le miſtère de Dieu va s'accomplir. C'en eſt fait! l'ange l'a juré par celui qui vit. *Juravit per viventem* ; Apoc. 10, 6. Et dejà la coupe de la fureur du Seigneur s'eſt répandue à grands flots ſur l'univers ; & la mort armée de tous ſes traits, a fait voler ſon char d'un bout du monde à l'autre. Les aſtres ſont éclipſés, la lune eſt teinte de ſang, le ſoleil n'a plus de lumière, la voute du firmament chancèle, s'écroule, ſe précipite & enfante dans ſon fracas épouvantable des ténèbres éternelles. La terre bouleverſée dans ſes fondemens, répond aux horreurs du ciel par d'autres horreurs ; les mers ſortent de leurs gouffres toutes mugiſſantes de terreur ; tous les élémens ſe déchaînent ; tous les fléaux ſemblent ſe diſputer à qui ſe ſignalera par plus de ravages ; les hommes conſternés, confondus, conjurent mille fois le ciel qui ne les entend plus, mille fois les montagnes qui refuſent de les écraſer ; de l'orient à l'occident, du midi au ſeptentrion, ce n'eſt que mugiſſemens ou cris de déſeſpoir ; enfin un dernier frémiſſement de la nature entière ſe fait entendre, une pluie de feu tombe, tout ſe diſſout, tout eſt mort, grand Dieu ! & vous ſeul pouvez vous écrier, moi je vis dans l'éternité ! *Vivo ego in æternum.*

Dans la conſternation générale, me figurant moi ſeul ſurvivant à la deſtruction de tout, je m'écrie: cieux & terre, ſéjour de tant de merveilles, qu'êtes-vous devenus! collines & montagnes, quel lieu vous a donné un aſyle! Chefs-d'œuvres de l'art, monumens d'orgueil, à qui la folie de l'homme promettoit l'immortalité, où êtes-vous maintenant! & une voix ſe fait entendre: c'eſt le jour du Seigneur des armées ſur toutes les hautes montagnes, ſur toutes les collines élevées, & ſur toutes les tours ſuperbes : *dies Domini exercituum ſuper omnes montes excelſos & ſuper omnes colles elevatos, & ſuper omnem turrim excelſam.* Iſaie. 2. 14. Dans l'excès de ma douleur, je m'écrie encore: Conquérans fameux, orgueilleux potentats, en préſence de qui la terre gardoit un ſilence plein d'effroi, & le ciel lui-même ſembloit à peine en ſûreté; arbitres du monde, pourquoi donc avec tant de puiſſance avez-vous permis qu'il fût réduit en cendres? ... Et la même voix ſe fait entendre : c'eſt le jour du Seigneur des armées ſur tous les conquérans & ſur tous les potentats. *Dies Domini exercituum ſuper omnem ſuperbum & ſuper omnem arrogantem.* Ibidem. Grandeurs mondaines, éblouiſſantes chimères de la gloire; vous n'étiez donc que ce qu'avoit dit le prophète, auſſi fragiles que l'herbe des champs! Et comment auroient-elles été quelque choſe, puiſque le jour du Seigneur atteſte ſi viſiblement que l'homme lui-même n'eſt rien. *Dies Domini exercituum ſuper omne quod viſu pulchrum eſt.* En vain je cherche une voix qui me conſole. Je n'entends que ces nouveaux cris plus déſeſpérans que les premiers : malheur, malheur, malheur aux habitans de la terre! *Væ*, *væ, væ habitantibus in terrâ!* En vain je cherche un objet ſur lequel ſe repoſent mes regards effrayés. Je ne rencontre que débris, que cadavres. Que dis-je! des cadavres me rappelleroient encore qu'il y eut des hommes. De vuides pouſſières! Un immenſe tombeau! De tout ce qui fut jamais, rien n'exiſte, excepté Dieu dont la ſuprême grandeur a tout remplacé. Bel accompliſſement de l'oracle du prophète, Dieu ſeul! *Elevabitur Dominus ſolus in die illâ & idola penitùs conterentur.* Ibid.

Ainſi dans un ſeul jour viennent échouer à la fois toutes les vaines penſées, toutes les vaſtes combinaiſons. La ſageſſe de tous les hommes s'eſt évanouie devant la ſageſſe éternelle. Les lumières de tous les hommes ſe ſont abîmées dans la lumière éternelle. Ainſi un ſeul jour voit s'abaiſſer toute hauteur, s'éteindre toute puiſſance; rompt les eſpérances des générations préſentes & les eſpérances des générations futures, condamne au néant ce qui n'étoit pas comme ce qui étoit. Un ſeul jour confond tout & met fin à tout. Dieu ſeul, Dieu ſeul! *Elevabitur Dominus ſolus in die illâ.*

Jour du Seigneur, jour cruel & impitoyable. Ce n'eſt plus comme autrefois que Dieu, dans ſon plus grand courroux, aimoit à ſe laiſſer fléchir & à voir tomber la foudre de ſes mains. Aujourd'hui, aucun ſigne qui puiſſe détourner les coups de ſa vengeance. Les bons comme les méchans, les juſtes comme les pécheurs, l'ange exterminateur a ordre de tout immoler. Toute la juſtice de Noë ne toucheroit pas le Seigneur, toute la foi d'Abraham ne retarderoit pas un inſtant le ſacrifice ; Moïſe lui-même prieroit en vain pour ſon peuple, & Ninive feroit pénitence, que Ninive feroit détruite. C'eſt le jour du Seigneur ſeul. *Elevabitur Dominus ſolus.*

Jour du Seigneur, jour de deſtruction entière & de déſolation générale. Avant ce moment la mort, toute amère qu'elle étoit, laiſſoit pourtant quelques motifs de conſolation à ſes victimes ; des titres, leur nom étroitement lié aux événemens de leur ſiècle, de grandes vertus ou des crimes illuſtres, tout cela, dis-je, rendoit le triomphe de la mort moins parfait, & conſervoit un reſte de vie aux hommes fameux qu'elle avoit immolés. En cet inſtant, Dieu qui l'avoit enchaînée, la rétablit dans tous ſes droits ; tout ce qu'avoient pu faire pour braver le temps & pour échapper aux révolutions, des enfans reſpectueux &

ſenſibles, des proches naturellement reconnoiſſans ou devenus tels à force de bienfaits, des ſujets dévoués par les devoirs de la dépendance ou ſubjugués par le long empire de la crainte, tout périt avec ceux qui en furent les idoles, & le lieu même où ils furent ne ſe trouve point. Le Seigneur ſeul : *Elevabitur Dominus ſolus.*

Jour du Seigneur, jour accablant où tout inſpire le plus affreux déſeſpoir. Dans la première déſolation, il reſta du moins de quoi réparer les pertes; & l'univers, après avoir été une vaſte ſolitude, vit encore des hommes l'habiter. Aujourd'hui c'eſt la dernière conſommation de tout, la déſolation de la déſolation. La gloire du monde a péri pour toujours, & le Seigneur Dieu paroîtra déſormais ſeul grand : *Elevabitur Dominus ſolus in die illâ.*

Ah ! qu'il périsse donc ce jour, qu'il soit donc maudit, ce jour qui fait tout périr ! .... Où m'emporte l'horrible spectacle d'une destruction universelle ! ah ! soyez plutôt éternellement béni, jour de malédiction ! vous êtes le digne jour du Seigneur, puisque vous lui faites rendre l'hommage souverain que tant d'impies lui avoient refusé ! N'est-il pas juste qu'un monde d'impies audacieux & superbes sentent enfin qu'il existoit un Dieu dans le ciel & qu'eux n'étoient que des hommes ? N'est-il pas juste qu'un monde de libertins & d'hommes abrutis ne sortent de leur criminel sommeil, & n'ouvrent leurs yeux coupables qu'à la lueur des foudres qui les écrasent ? Oui, grand Dieu, vous êtes juste, & c'est en vain que j'oserois condamner votre conduite. Périsse plutôt le monde & tout ce qu'il renferme, puiſque votre gloire le demande! J'adore en périſſant le jour de votre triomphe: *Elevabitur Dominus ſolus in die illâ.*

Mais du moins eſt-ce aſſez pour venger la grandeur du Seigneur que toute grandeur ſoit foudroyée? Eſt-ce aſſez ſi l'homme a pu ſe croire quelque choſe, que le genre-humain ſoit réduit à rien? L'enfer ne feroit-il pas un aſſez grand ſupplice pour les ennemis de Dieu? Non, la grandeur de Dieu n'eſt point encore aſſez vengée; & il manqueroit quelque choſe au malheur des pécheurs, s'ils pouvoient échapper à la confuſion générale. Que fera donc le Seigneur? parce qu'il eſt tout-puiſſant, il va créer de nouveau l'homme, afin que l'homme ſoit de nouveau confondu... En un inſtant, en un clin-d'œil la fatale trompette a retenti par-tout. Ce qui n'étoit plus s'eſt ranimé. Les abîmes fourniſſent leurs dépôts, l'enfer vomit ſes victimes. Quelle révolution ! Le moment où il fallut ſe ſoumettre à la mort, fût-il jamais auſſi terrible que celui où il faut conſentir à reprendre la vie ?...Je les vois, ces hommes ſi verſés dans le menſonge, je les vois qui frémiſſent de rage en voyant leur pouſſière qu'ils avoient vouée au néant, ſe ranimer tout-à-coup, & prendre une nouvelle exiſtence; eux qui avoient juré que la mort mettoit fin à tout, & qui croyoient que l'enfer du moins les cacheroit pour toujours à ceux qu'ils avoient trompés ! Il faut, après avoir vieilli dans les noirs abîmes, qu'ils reparoiſſent encore à la lumière, pour être confondus à la face de ce monde même qu'ils avoient égaré. Que vont-ils répondre, ces ſuperbes athées, à ce Dieu qu'ils ont tant de fois bravé, & dont ils auroient anéanti le culte, ſi le culte de Dieu avoit pu l'être ? Je dis encore à tant de malheureux qu'ils ont précipités dans l'abîme, aux nations inſpirées de Dieu pour ſonder les honteux motifs de leur fauſſe incrédulité. Hélas! le menſonge en qui ils avoient mis leur confiance, le menſonge qui ne peut rien pour eux, leur fait éprouver déjà toutes les tranſes du jugement rigoureux qui les attend. Quel jour donc que le jour du Seigneur ! *Dies Domini exercituum*. Je les vois, ces impudiques, les fléaux de l'innocence, tant qu'ils furent ſur la terre & la proie des flammes dévorantes depuis tant de ſiècles qu'ils ſont dans l'enfer; ah! ils pâliſſent d'horreur en prenant une chair coupable qui leur retrace, malgré eux, l'affreuſe image de tant d'abominations qui font leur malheur! Ce jour, ce jour ſeul eſt

pour

pour eux plus que l'enfer : *Dies Domini exercituum.* Je les vois, tous ces pécheurs, environnés de la foule de leurs crimes innombrables, tous accablés du poids de leurs iniquités & marqués au ſceau de la malédiction... Cependant le Seigneur Dieu n'a point encore paru, & l'effroi, la conſternation & le déſeſpoir ſont à leur comble ! Que ſera-ce donc de ſa préſence, puiſque l'idée ſeule qu'il va paroître eſt ſi accablante ! *Elevabitur Dominus ſolus in die illâ.*

Pour vous, que le torrent de la ſéduction & tous les aſſauts du malheur ne purent jamais vaincre, patriarches & prophètes, apôtres & pontifes, généreux martyrs, vierges pures, juſtes de tous les temps & de toutes les contrées, levez vos têtes ; le moment de votre rédemption approche. *Levate capita veſtra, quoniam appropinquat redemptio veſtra.*

Quelle étrange différence entre eux & les pécheurs ! ceux-ci ne ressuscitent que pour de nouveaux malheurs, que pour rendre leur enfer aussi terrible qu'il peut l'être, en faisant participer à leurs tourmens toutes les parties d'eux-mêmes; ceux-là ne sortent des noirs cachots de la mort que pour être élevés sur des trônes brillans dans l'empire de la vie; & s'ils paroissent un moment humiliés, c'est qu'il faut que tout le soit dans le jour du Seigneur. *Elevabitur solus Dominus in die illâ.*

Vous seuls donc, vous seuls amis de Dieu, pouvez tressaillir de joie dans la désolation générale. Pour vous seuls, il est vrai de dire que le jour de perdition sera le jour des promesses. Hâtez donc, par l'ardeur de vos vœux, la venue du souverain juge. Pressez, par les droits de votre vertu, preſſez le Seigneur Dieu de venir viſiter ſes élus, & conſommer en vous l'ouvrage du bonheur; dites-lui, dans les transports de la plus vive allégreſſe : venez, venez, Seigneur Jéſus, rendre à chacun ſelon ſes œuvres. Aſſez long-temps nous fûmes confondus avec les méchans; aſſez long-temps le monde que nous mépriſâmes, fit la guerre à notre vertu : il eſt temps que vos ſerviteurs ſoient vengés, & que ce monde ſoit confondu. *Veni, veni, Domine jeſu.*

Vos vœux ſont exaucés; le fils de l'homme eſt établi juge des vivans & des morts. Il vient porté ſur une nuée, environné de gloire & de puiſſance. Une foule innombrable de guerriers céleſtes forme ſon cortége. Sa juſtice l'accompagne, ſa foudre eſt à ſes pieds, devant lui marche la mort. Il paroît, la colère, dit le prophète, éclate dans ſes yeux, ſes lèvres ſont pleines d'indignation, ſa langue eſt un feu dévorant, le ſouffle de ſa bouche un torrent qui inonde.

Tombez à ſes pieds, peuples d'idolâtres, qui avez dégradé l'image de Dieu empreinte ſur tout votre être. La voix ſacrée de la raiſon, les cris retentiſſans de la nature, tout vous démontroit l'exiſtance d'un Dieu créateur, d'un arbitre ſouverain, qui méritoit vos hommages. Pour flatter l'orgueil de vos eſprits, ou pour excuſer la corruption de vos cœurs, vous avez placé vos paſſions ſur l'autel; vous vous êtes fait des dieux pires encore que vous-mêmes. Le Seigneur des armées veut rentrer dans ſes droits, & recouvrer dans ſon jugement toute la gloire que vous lui avez ravie. *Exaltabitur Dominus exercituum in judicio.*

Tombez à ſes pieds, peuples d'hérétiques, que toutes les déciſions de l'égliſe ne purent ſoumettre, ni toute l'autorité de la foi raſſurer. A force de vous établir les maîtres de votre croyance, vous en êtes venus au point de ne rien croire, vous vouliez ſonder les profondeurs de la majeſté de Dieu. Fiers impies, ſoyez éternellement accablés ſous le poids de cette divine grandeur. *Exaltabitur Dominus exercituum in judicio.*

Tombez à ſes pieds, peuples catholiques, pour qui les engagemens du baptême furent moins des motifs de ſacrifices & des preuves de vertus, que des bienſéances utiles & des moyens pour déguiſer les plus coupables foibleſſes; aſſez inſenſés pour compter ſur une foi vaine, vos mœurs furent l'opprobre de votre ſiécle & le ſcandale de l'égliſe. Hommes inconſéquens, tyrans de la religion à l'ombre de quelques fauſſes vertus, le Seigneur, par ſon jugement, va vous apprendre qu'il devoit être le Dieu de vos cœurs comme de vos eſprits. *Exaltabitur Dominus exercituum in judicio.*

Tombez à ſes pieds, vous tous enfin adorateurs du monde, prophêtes de menſonge, qui avez méconnu le Seigneur, ou qui ne l'avez pas adoré, qui avez enhardi au crime en promettant l'impunité; s'il ne vous a pas exterminés dans le temps, c'eſt qu'il vous attendoit à ce jour. Oh! que vous allez ſentir combien il eſt horrible de tomber entre les mains du Dieu vivant. *Exaltabitur Dominus exercituum in judicio.*

Mais eſt-ce donc là, ce Dieu dont la vie toute pleine de clémence avoit accoutumé le monde à compter ſur ſa douceur & à tout attendre de ſa miſéricorde? Eſt-ce là ce bon paſteur dont le ſang répandu & l'immolation conſommée, devoient déſarmer toute colère & reconcilier pour toujours la terre avec ſon Dieu? Le Dieu du calvaire devenu le Dieu des vengeances! Ne me trompé-je pas? non; car ſelon la doctrine du prophète, le temps de tout guérir ayant été, *tempus ſanandi*, le temps de tout perdre devoit arriver, *tempus perdendi.* Ceux qui n'ont pas voulu profiter du temps de l'amour, *tempus dilectionis*, devoient eſſuyer le temps de la haine, *tempus odii.* Dieu devoit à ſa grandeur de juger par ſon fils les bons & les méchans, afin qu'il fût le Seigneur Dieu de tous, depuis ce jour & dans la ſuite, comme il l'avoit dit par ſon prophète : *Ego Dominus eorum à die illa & deinceps*... Jugez donc, Seigneur; les générations proſternées à vos pieds n'attendent plus que leur arrêt.... Juſtes, il a prononcé en votre faveur ; votre demeure ſera le ciel, votre héritage l'héritage de Jéſus-Chriſt, votre bonheur le bonheur de Dieu même.... Pécheurs, écoutez... retirez-vous de moi, maudits, allez au feu éternel... *Diſcedite à me maledicti in ignem æternum.* Matth. 25. 41. Loin de Dieu au feu éternel ! ah ! combien d'anathêmes renfermés dans ce peu de paroles. La privation de tous les biens & l'aſſemblage de tous les maux. ! Loin de Dieu au feu éternel ! fatales paroles ! Ah ! vous ſéparez pour toujours le père de ſon fils, le frère de ſon frère, l'ami de ſon ami, en ſéparant le juſte du pécheur ! Loin de Dieu au feu éternel ! Déſeſpérantes paroles ! ah ! vous condamnez le pécheur à maudire éternellement ſon Dieu, & à ſe précipiter éternellement vers ſon Dieu. Loin de Dieu au feu éternel ! Irrévocable ſentence ! ah ! vous ſerez exécutée ! Déjà la foudre a frappé ſon dernier coup. Les pécheurs ſont dans l'enfer, où ils pouſſent des hurlemens épouvantables qui ne finiront jamais... jamais... Le fils de l'homme, après avoir fait diſparoître toute puiſſance & ſoumis toute créature, vient de remettre entre les mains de ſon père l'empire qu'il avoit reçu de lui. Lui-même, il s'eſt ſoumis à ſa ſuprême grandeur. Déſormais Dieu ſera ſeul tout en tout pendant l'éternité : *Ut ſit Deus omnia in omnibus.* 1. Cor. 15. 28 ; & voilà la fin, conclut l'apôtre, *deinde finis.* Ibid.

Oh, mes chers enfans, quelle place aurez-vous dans cette ſcène épouvantable ! Voulez-vous aſſurer votre ſort parmi les élus de Dieu ? Concluez avec moi, & ne perdez jamais de vue ce que nous allons conclure.... Donc il faut craindre le Seigneur, puiſqu'il eſt ſi terrible de tomber entre ſes mains : *Horrendum eſt incidere in manus Dei viventis.* Héb. 10. 31. Donc il faut craindre le Seigneur, parce qu'à chaque inſtant nous pouvons tomber entre ſes mains... *Qua neſcitis hora.* Matth. 24. 44. Donc il faut craindre le Seigneur, parce qu'une fois tombés entre ſes mains, perſonne ne pourra plus nous en arracher : *Non ſit qui eripiat.* Pſalm. 49. 22.

FIN.

TABLE DES MATIERES

CONTENUES DANS CE VOLUME.

Fin de la Table.

APPROBATION.

J'AI lu, par ordre de monſeigneur le garde-des-ſceaux, un manuſcrit ayant pour titre : *Recueil de Diſcours à la Jeuneſſe*, &c. Ces exhortations m'ont paru très-propres à inſpirer aux jeunes gens l'amour de l'étude, le goût de la piété, le deſir ſincère de profiter du temps de leur éducation, pour former leurs cœurs & cultiver leurs eſprits. L'auteur s'applique ſur-tout à inculquer à ceux à qui il conſacre ſon travail, ces vérités ſi importantes, qu'il n'y a point d'éducation ſolide qui n'ait la religion pour baſe ; & que le bon ou le mauvais uſage qu'on fait des premières années, a la plus grande influence ſur tout le reſte de vie. En Sorbonne, ce 30 juillet 1789.

ASSELINE.

ERRATA.

PAGE 5, ligne 2, de tous les ſujets les plus importans, *liſez*, de tous les ſujets le plus important.

Page 27, ligne 13, un abîme ſans fonds; *liſez*, un abîme ſans fond.

Page 56, ligne 16, quoi d'être tout à la fois; *liſez*, quoi ? d'être tout à la fois.

Page 68, ligne 11, *iraſcaris;* liſez, *iraſceris ?*

Page 82, ligne 21, ce riche fond; *liſez*, ce riche fonds.

Page 92, ligne 10, après votre courage, *ajoutez* le point & virgule.

Page 101, ligne 9, tout à tout; *liſez*, tout à tous; ligne 17, goûer; *liſez*, goûter.

Page 107, ligne 20, ſuſceptibles; *liſez*, ſuſceptible.

Page 108, ligne 4, & accroître; *liſez*, & s'accroître; ligne 13, votre, âge; *liſez*, votre âge.

Page 114, ligne 9, inſenſible; *liſez*, inſenſibles.

Page 172, lig. 6, le bonheur; *liſez*, leur bonheur.

Page 195, ligne 8, glorifiez; *liſez*, glorifiiez.

Page 220, lig. 5, ſoyiez; *liſez*, ſoyez

Page 230, lig. 1, pénétrez; *liſez*, pénétrés.

Page 237, ligne 16, vous avez contracté; *liſez*, vous aviez contracté.

Page 250, ligne 11, que par elle; *liſez*, que par elles.

Page 284, ligne 16, paroître, y croire; *liſez*, paroître y croire.

Page 301, ligne 6, *ajoutez* le point & virgule après le mot *autrefois.*

Page 311, ligne 18, abandonneroient; *liſez*, vous abandonneroient.

Page 315, ligne 12, priez; *liſez*, priiez.